문수림의

20에서
30까지

장미와 여우

항상 나를 믿고 지지해 주는
나의 사랑 모모

그리고

우리의
율과 인,

가족들에게
부끄럽지 않은
아비가 되고자
남겼습니다.

부디 이 책을 선택한
모두에게 진심이 전해지길.

| 목 차 |

달빛이
닿지않아도
달을그리워하는
꽃은핀다

문수림 님의 '꽃,-

calligraphy design by

Prologue

Prologue
다시 단단하게

출간 전에 많이 망설였다.

아무래도 새롭게 창작한 콘텐츠가 아니라서 그렇다. 여기 적힌 이야기들은 이미 한 번 단행본으로 출간된 이력이 있고, 최근까지는 내 개인 홈페이지에서 무료로 열람이 가능했던 녀석들이다. 그런 녀석들이다 보니 절로 고민이 되었다. 이걸 굳이 지금에 와서 새로 엮어내는 게 어떤 의미가 될 수 있을까? 실제로 모태였던 이경민의 『괴담』을 썼을 때도 그랬다. 20대에 썼던 글을 30대 중반에 발표했던 탓에 시의성時宜性을 잃어버린 소재들로 쌓아올린 문장들이 걱정이었다. 그랬던 글을 그때로부터 또 십여 년이 지나서 작

업하려니 걱정이 될 수밖에. 게다가 이경민의 『괴담』이란 책 자체
가 내게 가지는 의미가 문제였다.

그 책은 내 독립출판 시절의 모든 것이다. 내 열정과 혼이 들어
있던 책이고, 내 치기가 고스란히 녹아낸 책이다. 완성도와 상관없
이 나와 함께 무덤에 놓일 녀석이다. 그런 녀석을 지금에 와서 다
시 작업한다는 건 아무래도 스스로에게 죄를 짓는 기분이다. 이미
나는 한 차례 패배를 선언하고 독립출판으로부터 물러나지 않았
던가? 그러면서 그때의 원고를 일반 서점으로는 유통하지 않겠다
고 선언하지 않았던가?

그럼에도 강행했다. 결국 고민은 의지 앞에서 접혔던 거다.

그간 많은 변화들이 있었다. 페밀리마트가 들어섰었던 자리에는
CU편의점이 자리를 차지했고, 최신 64화음 폴더폰은 흔적도 없
이 폐기되어 와이파이 스마트폰이 전국에 도배되었다. 군인들의
군복만큼이나 군복무형태도 바뀌었고, 소주 한 병과 족발 한 팩
의 가격도 바뀌었다. 바뀌지 않은 것들이 있다면, 그건 오직 사람
들이었다. 십여 년 전의 내가 소설 속에 박제시켰던 인물들의 모
습과 오늘을 살고 있는 사람들의 모습이 조금도 다르지가 않다.

라고 이경민의 『괴담』을 썼던 당시의 머리말에도 썼었다. 이건 지금도 같다. 인간들은 변하지 않았고, 우린 스스로 최악을 향해 치닫고 있다. 내일 당장 지구가 멸망해도 이상할 게 하나도 없는 요즘이다. 이런 시점에서 출판 형태를 독립출판으로 하든, 기성 유통 시스템을 쓰든, 그게 그렇게 중요할까? 정작 독립출판은 아무런 운동에너지도 없이 침체되어 있는 상태이고, 내가 당시 블로그를 통해 보여주었던 <직접판매 방식>은 결국 자본가들에 의해 PDF파일을 고가로 팔아먹는 수단으로 변질되었을 뿐인데?

필명을 쓰기로 한 여러 이유 중 하나다. 당시의 난 판단을 잘못했었고, 잘못된 판단 위에 잘못된 결정을 내렸었다. 난 여기에 책임감을 가지고 문제를 수정하는 자세로 임해야 한다.

간단히 말해, 난 앞으로 더 영향력 있는 사람으로 자라나야 한다. 무조건 일단 더 성장해야만 한다. 당장 더 많은 사람들의 도움이 필요하다. 단순히 내 글이 읽히고, 팔리기 위해서가 아니다. 그때나, 지금이나, 난 출판과 문학에 위기를 느끼고 있다. 시스템을 갈아엎어야 한다는 필요를 느낀다. 이미 창작자의 직접판매 방식은 뿌리를 내리기 시작했지만, 이마저도 여러모로 변질된 상태다. 이미 등단 제도는 그 권위를 의심받기 시작했지만, 여전히 내겐 파괴의 대상일 뿐이다. 난 감히 출판 유통의 흐름을 바꾸어 문학 창작자들이 보다 더 자유로운 환경 속에서 창작에 몰두할 수 있길 바란다. 그건 십년 전이나 지금이나 마찬가지다. 여기엔 조금의 거짓도 없다.

그래서 그 시절의 원고를 되살리기로 했다.

그러니 이번 책은 내가 정신을 다잡고 다시 활동하기로 마음먹었다는 신호탄이다.

다만 그래도 단순히 같은 콘텐츠를 같은 구성으로 엮을 수는 없다는 생각에 약간의 변화를 주었다. 기본적으로 오탈자를 바로잡고, 문장을 한번씩 만진 건 당연하다. 그 외, 당시 대중성이 현저히 떨어졌던 인트로 단편소설이었던 「소주, 족발을 가르다」를 삭제했다. 그리고 현재 장편으로 재작업 중인 관계로 중편 「그을린 농담」 역시 삭제했다. 대중적으로 가장 반응이 좋았던 소설이었지만, 당장은 장편을 기대해 달라는 말만 전하겠다. 대신 독립출판 당시의 에세이와 시 몇 편을 삽입했다. 그래서 이미 그 시절에 나를 만났던 독자들 입장에서는 전혀 새로울 게 없는 책이 되겠지만, 부디 지지의 의미로 한 권씩 소장해주길 바란다. 뻔뻔하게 느껴지겠지만, 난 더 이상 물러날 생각이 없다. 난 여러분의 도움이 필요하다. 내가 제대로 된 플랫폼으로 성장하기 전에는 답이 없다고 굳게 믿으니까.

그럼, 전자책으로 다시 만난 케케묵은 작품들을 다시 한 번 즐겨주시길 바라며, 끝으로 이경민의 『괴담』 서문 말미에 적었던 글을 남겨본다.

무신론자無神論者인 내게 문학은 신앙과도 같다. 세상 가장 낮은 곳에서 소외된 자들을 위해 노래해야 하는 것이 문학이어야 한다고 생각했었고, 지금도 그 생각에는 변함이 없다. 문학이 우리 인간들 영혼의 밑받침이란 믿음은 내겐, 내 영혼의 지문과도 같은 것이다. 지난 십여 년간 변한 건 인간이 아니라 인간을 제외한 모든 것이라는 믿음. 문학은, 소설은, 잠수함 속의 토끼와도 같은 것이라는 믿음.

'나'라는 이 세상의 유일무이한 존재만큼이나 소중한 당신. 그래서 지금 책을 집어든 당신에게 나는 내 생애 첫 단편소설집의 서문을 받치려 한다.

여기에 적힌 소설들은

너무 흔해서 지나쳐버린 일상의 조각들이며,

십여 년이 지나도록 바뀐 게 없어서

곱씹어 볼수록 서늘해지는 괴이한 이야기들이다.

그런 괴담들이 바로

내 청춘의 기록들이다.

나와 함께 시대를 살고 있는 여러분들의 이야기들이다.

그리고 남들에겐 결코 자신의 이야기는 아니라고

단언하고 싶은 불편한 것들이기도 하다.

그럼에도 불구하고,

우울하고, 불편해 보이는

이 짧은 이야기들이

분명 누군가에게는

정서적 위로와 받침이 되어 줄 것이다.

그게 내가 믿는 소설의 힘이다.

겨울이라기엔 아직 견딜 만한 사무실에서

달빛이
닿지않아도
달을그리워하는
꽃은핀다

문수림 님의 '꽃 ﹣

calligraphy design by

小說

2015년에 단행본으로 첫 출간되었던
단편소설집 이경민의 『괴담』은
지금 당신이 읽고 있는 책의 전신前身이다.

괴담怪談

1.

신화 속에서 살았던 프로메테우스와 1847년 북아메리카대륙에서 태어났던 발명가 에디슨은 완전히 남남이다. 세상을 살다가 간 시간대부터 다르니까. 그럼에도 불구하고, 그들은 세계 각국의 귀신鬼神과 도깨비들에겐 공공公共의 적敵으로 함께 분류된다.

프로메테우스는 인류를 위해 신神들로부터 불을 훔친 죗값을 치러야했다. 코카서스의 바위에 쇠사슬로 묶여 매일같이 독수리에게 간을 쪼이는 가혹한 형벌. 그의 희생으로 인류는 불을 얻었다. 인류가 밤을 밝히게 된 것이다. 귀신과 도깨비들에겐 달갑지 못한 역사적 변화였다. 그 때부터 귀신과 도깨비들은 자신들의 영역을 지켜내기 위해 부단한 노력을 감행했다. 그나마 프로메테우스의 불은 오랜 시간을 들여 상대하던 끝에 나름의 대처법이 마련되었다. 우리나라의 처녀귀신들만 하여도 인간들이 상상 못할 수준의 냉기를 입김으로 뿜어내어 호롱불을 끄지 않았던가? 아마 그때까지만 해도 귀신들이 살만한 시절이었는지 모른다.

1887년의 3월. 경복궁 향원정의 못물을 먹고 켜진 불이 건청궁 처마 밑에 벌겋게 켜졌을 때, 이 땅의 귀신들은 한동안 입을 다물지 못하고 자리에 털썩 주저앉아 버리고 말았다고 한다. 지구반대편의 북아메리카대륙에서 에디슨이 수천만 번의 고생 끝에 발명해낸 백열전구가 8년도 채 걸리지 않아 조선 땅에서 불을 밝혔을 때다. 칠흑 같은 어둠속에서도 빛을 뿜어내는 이 요상한 물건은 귀신들의 활동 시간대와 행동반경을 좁혀가며 압박했다. 백열전구에 대한 대처법 역시 귀신들이 연구하지 않은 것은 아니었지만, 인류는 귀신들의 연구 속도를 앞질러 질주하고 있었다. 곳곳에 가로등이 들어섰고, 건물들이 쉼 없이 늘어섰으며, 냉기를 머금은 입김 따위로는 좀체 흔들릴 생각조차 않는 발전소가 보란 듯이 떡하니 들어서고 있었다.

결국, 밤을 지배하게 된 인류는 더 이상 귀신과 도깨비를 두려워하지 않게 되었다. 귀신들은 어둠을 갉아먹는 빛을 피해 세계적으로 떠돌아다니기 시작하였다. 추세가 이렇다보니, 배가 부른 인류가 괜한 의견충돌을 일으켰다. 최근에 들어서는 귀신과 도깨비가 생태환경의 변화로 멸종된 종자種子라는 의견과 예초부터 그런 것들은 이 지구상에 존재하지도 않았던 상상의 존재들일 뿐이라는 의견이 맞물려 치열하게 논쟁을 벌이게 된 것이다. 상황이 이렇다보니 21세기인 요즘은 귀신이나 도깨비를 만나기란 하늘에서 별을 따는 것보다도 어렵게 되었다. 인류의 압승이다.

그럼, 인류는 이제 두려움으로부터 등을 돌리고 홀로서기를 온전히 이루어낼 수 있는 것일까? 아쉽게도 그건 아직 아닌 것 같다. 아무리 환하게 불을 밝힌 곳이라고 하여도 우리들의 등골을 오싹하게 만들 수 있는 것들이 여전히 존재하고 있으니 말이다. 당장 지금부터 하려는 이야기도 귀신과 도깨비를 품고 있는 어둠과는 별개의 이야기다. 대낮에도 우리들 눈앞에서 횡행하고 있는 어떤 공포에 관한 이야기다.

솔직히, 이 이야기를 잠시 떠올린 것만으로도 오싹함에 앉아 있기조차 버겁다. 시작에 앞서 잠시 기도라도 올려야겠다.

나무아미타불, 아멘.

2.

동네 어귀에 있는 편의점은 병춘이 군복무를 하던 중에 생긴
까닭에, 갓 전역을 한 병춘에겐 어느 날 하루아침에 만들어진 곳
같은 생경한 이질감을 종종 선사하곤 했다. 덕분에 어지간해서
는 길조차 돌아서가던 문제의 그 편의점과 병춘이 인연을 맺게
된 것은 순전히 다음과 같은 전단지 때문이었다.

XX편의점 평일 아르바이트생(남) 구함.
군필자우대. (만 21세 이상)
시간대 : 22:00~06:00 (8시간. 시간대 조절 가능)
시급 : 상담 후 결정
(면접 시, 주민등록등본 1통 지참)
연락처 : 010-4444-****

전단지를 보았던 것은 불쾌할 정도로 화창한 5월의 어느 날이
었다. 문밖으로 세 걸음만 옮겨도 땀으로 범벅이 될 정도로 지면
이 후끈 달아올라 있었다. 외출은커녕 무슨 일이든 하게 되면 불

쾌지수에 사고를 칠 것만 같은 날. 다행인지 불행인지 천성이 게을러터진 병춘이었다. 선풍기를 꺼낼 생각만으로도 숨이 가빠지는 것 같아서 미동도 않은 채 방 한 쪽에 구겨져있었다. 쪼르르륵. 눈앞으로 바퀴벌레가 지나가도 꼼짝도 하지 않던 병춘이가, 꼬르르륵. 몸을 일으킨 것은 순전히 배가 고파서였다.

　파바바박. 대문을 열고 나서니 길고양이들이 먼저 도망을 쳤다. 병춘은 그런 길고양이들 보다도 더 민첩하게 편의점을 향해 곧바로 내질렀다. 그러나 엉뚱하게도 발이 멈추어 선 곳은 편의점이 아니라 편의점 맞은편 가로등에 붙어있던 전단지 앞이었다. 아르바이트? 복학을 앞두고 이보다 돈 벌기 좋은 기회가 어디 있겠는가? 병춘이가 발걸음을 돌렸다. 그리고 한 발을 내딛자 그때부터 신기하게도 모든 일이 일사천리로 진행되기 시작했다. 배고픈 건 일도 아니었다. 쉽게 등본을 구했고, 쉽게 면접 시간을 정했으며, 쉽게 취직이 되고, 쉽게 일을 배웠다. 심지어 야간에 일어날 수 있는 비상사태에 따른 대처법도 순식간에 배울 수 있었다.

　"당황하지 말고 여기 카운터 밑에 있는 빨간 단추를 눌러. 그럼, 경찰들이 바로 달려올 거야. 뭐, 누르고 나서도 상황이 좀 거시기하다 싶으면 여기 야구 배트 보이지? 그냥, 갈겨버려."

턱수염이 부슬부슬한 점장의 얼굴과 야구 배트 사이의 무표정한 간극은 모든 과정을 더욱 단순하고 수월하게 만들어버리고 있었다. 어쩌면, 그런 수월한 일의 진행이 병춘이를 그날의 그 사건까지 끌고 간 것인지도 모르겠다.

3.

인류가 밤을 지배하게 된 역사는 밤을 지배하기 위해 노력했었던 역사에 비해서 터무니없을 정도로 짧다. 병춘이의 몸속에 누적된 유전자 정보들 역시 오랜 시간에 걸쳐 온 것들이어서 낮에 일과를 보내고, 밤에는 숙면을 취해주었던 조상들의 생체리듬과 별다를 바가 없었다. 일을 마치고 아무 생각 없이 바로 잠자리에 들어도 늘 새벽 3시가 되면 졸음이 몰려오곤 했다. 병춘이는 그럴 때마다 손님들을 위해 마련해 두었던 케이블TV의 채널을 돌렸다. TV를 보면서 곤란한 점이 있었다면, 틈틈이 찾아드는 손님들 덕에 집중을 못하는 것은 둘째치더라도 새벽 시간대에 방송되는 영화들이 종종 에로영화일 때가 있었다는 점이다. 한 번은 채널을 돌리던 중 에로영화채널에 머문 적이 있었는데, 때마침 문을 열고 들어온 손님이 여성이었다. 화면과 병춘이를 번갈아가면서 쳐다보았고, 민망한 병춘이는 재빨리 채널을 옮기고 싶었지만. 제기랄.

시원찮던 리모컨의 건전지가 수명을 다한 후였다. 화면 속의
두 남녀가 거친 신음소리를 내뱉었고 덩달아 병춘이의 얼굴도 빨
갛게 물들어갔다. 거기에 아랑곳하지 않고 화면 속의 두 남녀는
서로를 더욱 거칠게 끌어안고 있었다. 달아오른 얼굴로 눈동자
를 어지럽게 굴리는 병춘이에게 천천히 손님이 다가왔다. 직접
몸을 날려서라도 TV를 꺼야겠다는 생각이 들었을 때, 손님이 다
가와 무표정한 얼굴로 병춘이에게 지폐를 내밀었다.

"던힐 라이트 한 갑 주세요."

"이, 이천 오백 원입니다! 아, 안녕히 가십시오!"

두툼한 덩치에 시커먼 얼굴. 누가 봐도 야동마니아로 볼 법
한 병춘이었다. 그런 병춘이다 보니 좀체 쉬운 일은 아니었다. 쉬
운 일은 아니었지만, 그렇다고 그리 어려운 일도 아니었기에 무난
하게 첫 월급을 타게 되었다. 병춘이는 역시나 이것도 뭔가 지나
치게 빠르다고 생각했다. 게으르고 무관심한 걸로 따져 둘째가라
면 서러울 정도의 병춘이었지만, 스스로가 생각해봐도 야동마니

아란 오해를 견디는 것, 잠을 견디는 것, 두 가지 외에는 딱히 한 일이 없었다. 게다가 아직 뭔가를 시작도 하지 않은 것 같은데, 일을 시작한 지 이미 한 달이 지나고 있었다. 전역을 하고 어느새 두 달이 지나고 있었던 것이다. 군부대에서는 달력에 표시까지 하면서 기다려도 가지 않던 시간이 피부로 느껴보기도 전에 앞질러 달아나고 있었다. 그것도 하루하루. 그 속도가 점점 팽창하고 있었다. 새로이 건전지를 교체한 리모컨도 평소보다 훨씬 빠른 속도로 채널을 넘겨주었다. 더욱 놀라운 건 그러면서도 유용한 정보들은 자연스레 습득이 되어가고 있었다는 점이다. 예를 들어, 하루에 한 번 꼴로 오는 단골손님들 익히는 건 일도 아니었다. 매일 아스피린을 한 통씩 사가는 특이한 여자 꼬마도 있었고, 늘 소주를 한 병씩 사가는 중년 남성과 컵라면과 삼각김밥을 먹고서 학원으로 떠나는 고등학생도 있었다. 게다가 주로 소비되는 상품의 성격들도 알게 되었다. 여성들이 주로 소비하는 생리대가 어느 회사의 제품인지도 알게 되었으며, 적어도 이 편의점에서 팔리는 콘돔들 중에선 어떤 것이 가격대 성능비로 고객들을 만족시키고 있는지를 알게 되었다. 그렇지만 뭣보다 도움이 되었던 건 케이블방송의 시간표를 꿰차게 되었다는 것과 채널 이름만 다를 뿐이지 한 번 방송되었던 영화가 몇 번이고 다시 방송되고 있다는 점이었다. 그러자 놀랍게도, 영화의 제목들을 외우는 것은 기본이

고 등장하는 인물들의 극중 이름과 심지어 대사까지 외울 정도
가 되어 있었다.

그러던 어느 날이었다. 말 그대로 '어느 날'이라고 표현하기에
딱 좋을, 그런 사소한 사건이 하나 있었던 날이었다. 그날도 병춘
이는 영화를 틀어놓고 있었다. 영화는 《두사부일체》였다. 전국
330만 관객을 돌파했었다는 사실에 비해 영화의 전개 과정은 어
눌했다. 학교 교육의 비리를 고발해보자는 의도인지 아니면, 그
냥 한번 웃고 말자는 것인지 영화는 어지럽게 카메라를 돌리다
결국, 신파적 감성의 눈물을 강요하는 결말로 치닫고 있었다. 병
춘이의 기억에 남는 건 두목이 부하를 구타하고, 선생이 학생을
구타하고, 다시 조폭이 선생을 구타하려다 조폭과 조폭이 엉키
어서 구르는 장면들뿐이었다. 병춘이의 턱을 비틀며 하품이 터져
나왔다.

역시, 케이블이란, 그렇고 그렇군.

그때였다. 현실의 볼륨이 커졌다. 영화에서 듣던 효과음보다
훨씬 더 구체적이었다. 지금 당장 말로 표현하자면 우당탕쿵탕
정도지만, 분명히 병춘이가 몸을 일으키게 된 건 어디까지나 그

자극적인 음향효과 때문이었다. 문밖에는 간이용 테이블과 엎질러진 의자, 깨진 술병들이 한 눈에 보아도 8mm카메라로 한 컷에 잡아내기 딱 좋은 삼각구도를 이루고 있었다. 주변 군중들의 웅성거림이 액션$_{action}$신호가 되어주었다. 깨진 술병의 파편들로 범벅이 된 땅바닥에서 머리를 감싼 청년이 몸을 천천히 비틀어 꼬기시작했다. 그 모양새가 꼭 불판 위에 갓 올려진 주꾸미 같다. 비비 꼬며 겨우 엎질러진 의자를 버팀목으로 삼아 일어서려는데, 다른 청년이 다가와 그를 힘껏 걷어찼다. 그리고 다시 일어서려는 청년과 몇 번의 발길질을 되돌려주는 청년. 눈짐작으로만 봐도 둘 모두 웬만한 액션배우들보다 훨씬 거칠어 보이는 인상을 가지고 있었다.

"씨발, 그게 어디 선배한테 할 소리야? 엉? 너, 미쳤어? 개새끼, 개념을 상실해도 정도가 있지. 뭐? 다시 말해 봐. 다시 말해봐, 이 개새끼야!"

말이 한마디씩 튀어나올 때마다 손바닥으로 뒤통수를 후렸고, 그것으로는 분이 풀리지 않는지 발길질과 주먹질도 아끼지 않았다. 구타를 당하는 상대는 그저 머리를 감싸고 있을 따름이었다. 방금 전까지 봤었던 《두사부일체》의 한 장면이 병춘이의 눈앞에서 오버랩 되었다. 두목 정준호가 부하 정운택에게 일방적으로 가하던 구타. 땅바닥에 머리를 박으라하고, 혁대를 풀어 때리던 그 모습. 곧이어 주변에 피가 튀었다. 때리는 이의 주먹에도 피가 맺혔고, 맞는 이도 정확히 어딘지 구분이 가지 않을 정도로 핏자국이 어지럽게 튀어있었다. 때리는 이도 지치고, 맞는 이도 지쳤다.

이제 끝난 건가?

병춘이는 슬며시 주변에 모인 사람들을 둘러보았다. 모두들 미동도 하지 않은 채 멍하니 지켜만 보고 있을 뿐이었다.

"아이, 씨발, 쪽팔리게.... 일어나, 이 새끼야. 한 동안 내 눈에 띄지 마라. 알겠냐? 어? 알겠어?"

피범벅이 된 상대를 일으켜 세워선 거기에다 대고 또 뺨을 툭툭 쳤다.

"…예."

바람이 빠지는 듯한 목소리. 정말 뭐가 빠져나가버렸던 것일까? 피떡이 된 청년은 거꾸러졌고, 다음 순간 그 많던 구경꾼들은 유령처럼 흔적도 없이 사라져버렸다. 병춘이는 잠시 한동안 머리를 긁적이다 말고 주변을 둘러보았다. 편의점 불빛이 닿지 않는 경계의 저편에서는 발정이 난 길고양이들의 울음소리만이 들려왔다. 병춘이는 빗자루를 손에 들고 천천히 주변을 정리하기 시작했다. 보도블록에 쏟아진 핏자국은 주변에 함께 흩어져 있는 술들로 인해 애써 의식하지 않는 이상에야 단순히 검은 얼룩 정도로만 보였다. 그때, 병춘이는 점장도 눈치 못 챌 정도라는 사실에 잠시 안도했었지만, 곧이어 일정에도 없던 청소를 하고 있자니 울화가 확 솟구쳐 올랐다.

"니미럴, 개새끼들! 지랄도 풍년이지 씨발. 왜 하필 여기서 술을 마시고서는 지랄들이야, 지랄이. 아, 씨발. 이걸 또 나 혼자 언제 다 치워!"

다행히 근무교대는 별 탈 없이 이루어졌다. 예상대로 점장은 소란의 흔적을 눈치 채지 못했고, 그 이후로 손님도 없었다. 덕분에 병춘이는 엉뚱하게도 전단지에 적혀 있던 '군필자우대'에 대해 생각하게 되었다. 손님이 편의점에 들어선다. 필요한 물건을 고른다. 계산대로 가지고 온다. 이걸 다 손님이 직접 처리한다. 알바생은 그저 바코드를 찍어 확인하고, 컴퓨터가 계산해주는 대로 돈을 받고, 잔돈을 거슬러주는 게 전부다. 참, 간단한 일이 아닐 수 없었다. 그런데 어째서 이런 간단한 일에 왜 군대를 다녀온 자가 우선권을 얻는 것일까? 혹시, 이 일이 지루해서일까? 케이블TV채널만 돌리고 있어야 하는 이 일이 못 견딜 만큼 지루해서 일을 하다말고 도망칠까 싶은 불안함 때문이었을까? 그렇다면, 혹시 광고지에는 다음과 같은 문구가 생략되어 있었던 것이 아닐까?

(하루가 열흘 같았던 2년여의 나날들을 훌륭히 버티어 낸) 군필자우대.

아니면, 단순히 밤에 일을 하기 때문에 군필자를 원한 것일 수도 있다는 생각을 하게 되었다. 24시간 온종일 매장이 오픈되어 있다 보면, 백열전구에 대한 대처법을 익힌 귀신들이 어느 순간에 쥐도 새도 모르게 아니, 손님도 아르바이트생도 모르게 침입할 수도 있는 문제가 아닐까? 그렇다면, 군필자우대보다는 해병대전우회우대가 더 좋지 않았을까?

(귀신 잡는 해병 및 강원도 최전방 수색대 출신의) 군필자우대.

어떤 비상상황들이라고 해봤자 결국, 빨간 버튼이 대신해주는 게 아닌가? 병춘이는 이유가 궁금해지니 집에 돌아와서도 쉽게 잠들 수가 없었다. 거기에 더해 길고양이들의 낑낑대는 울음소리가 들려왔다. 새끼가 어미를 잃었나? 아니, 이건 두 연놈이 짝을 짓는 소린가? 아니, 먹을 거 앞에서 서로 물어뜯는 소린가? 아님, 누군가 또 고양이들에게 분풀이라도 하나? 병춘이의 머릿속이 어지럽거나 말거나, 길고양이들의 울음소리가 터놓은 길을 따라 어느새 방 안쪽까지 해가 쫓아 들어오고 있었다. 병춘은 일어나 커튼을 치는 것도 귀찮아 그저 돌아누워 애써 잠을 청할 뿐이었다.

4.

그리고 별일이 없었다, 한 동안은. 길고 긴 장마의 시작을 알리는 빗방울이 떨어지기 전까지 병춘이의 일상은 제자리였다. 컵라면의 일일 매출액에 문제가 생긴다거나 창고의 재고가 모자라 소비자들이 불편을 겪는다거나 하는 건 어디까지나 드라마 연속극에서나 있을 법한 일이었다. 디지털화된 계산대는 오차를 몰랐고, 재고는 늘 빵빵했다. 병춘이의 상상 속에서나 몇 차례의 소동이 있었을 뿐, 병춘이의 하루는 바코드를 찍어 제품의 가격을 확인하는 것만큼이나 단조로웠다. 그러나 장마를 알리며 찾아든 빗방울은 출근길의 편의점을 생경하게 만들기에 충분한 것이었다. 하늘 아래 놓인 곳은 어디 한군데 빠진 곳 없이 골고루 비에 젖어 음산한 거리. 그 위를 걷는 사람들의 표정은 여전히 무표정하다 못해 전혀 생기를 느낄 수 없었다. 장마는, 당장이라도 심상치 않은 일이 터질 것 같은 묘한 긴장감을 안겨주고 있었다.

근무교대를 마친 병춘이가 평소랑 달리 주변을 천천히 둘러보기 시작했다. 비가 오는 탓에 입구에 우산꽂이를 두었다는 것, 덕분에 바닥이 지저분하다는 것 외에는 다행히 모든 게 평소와 다를 바 없었다. 게다가 진열장도 말끔히 정리되어 있었다. 새삼 앞 시간대 근무자의 상냥함에 병춘이의 입 꼬리가 잠시 살짝 올라가기도 했다. 딩동, 드르르륵. 금전등록기도 정상 작동을 했고, 함에는 잔돈도 넉넉했다. 삐, 삐. 그래도 여전히 뭔가 불안한 마음에 병춘이는 아무 담뱃갑이나 뽑아서 집어 들고 바코드기기를 찍어봤지만, 그것도 역시 정상적으로 작동이 잘 되었다. 삐리리리. 그리고 여느 때처럼 입구의 차임벨이 선명하게 울리며 손님이 들어섰다.

첫손님과 눈이 마주치자마자 병춘이는 마음을 완전히 놓을 수 있었다. 첫 번째 손님은 늘 하루에 한 번씩 출근도장을 찍어 주던 꼬마 여자아이였다. 분명 자신의 발 사이즈보다 커 보이는 핑크빛 장화를 신고 있었다. 아장아장. 아이가 발걸음을 옮길 때마다 병춘이의 마음이 점차 가벼워졌다. 몇 살이나 되었을까? 여덟 살? 아홉 살? 양 갈래로 땋은 머리를 묶은 굵은 방울을 보고 있자니 그저 아이가 귀엽게만 느껴졌다. 오늘 하루도 별 탈 없이 지나가리라. 진열대 코너를 돌아 시야에서 사라진 아이가 편의점 천장 모서리에 설치된 반사경 안에서 다시 나타났다. 부스럭, 아스피린을 집어 들고. 부스럭, 참치 캔을 집어 들려고 까치발을 꼿꼿하게 세우는 아이의 뒷모습에서 병춘이는 스스로를 달래고 있는 자신이 한심하다 못해 가엾기까지 했다. 고작 날씨 탓에, 괜한 불안함이라니. 그러거나 말거나. 총총총, 계산을 치른 아이는 편의점에 들어설 때보다 더 빠른 걸음으로 사라졌다.

그래, 뭐, 또 TV나 보자.

병춘이가 곧장 습관대로 리모컨을 들어 케이블TV의 채널을 돌렸다. 한 동안 몇 편의 광고가 채널과 채널 사이에서 숨바꼭질을 하였고, 결국 채널은 다시 영화 채널에서 고정되었다. 천둥번

개가 지나쳤다. 편의점의 문이 열리고, 차임벨과 함께 긴 생머리에 비에 젖은 두 여고생이 들어섰다. 어서 오십시오. 병춘이는 신음하듯이 형식적인 인사를 건넸지만, 눈은 TV화면에 고정을 시켜둔 채였다. 화면은 병춘이의 눈동자만큼이나 격하게 흔들리고 있었고, 군인들이 피를 흘리며 쓰러지고 있었다. 영화는 《라이언 일병 구하기》였다. 고통에 찬 신음소리가 귀로 파고들었고, 손과 발을 잃은 군인들이 몸뚱이로 기어 다니다 머리통에 총알이 박혀 쓰러졌다.

"어? 《라이언 일병 구하기》 또 하네?"

"씨발, 케이블에선 늘 했던 것 밖에 안한다니깐. 하여튼 좆나 구려. 결국엔, 학생들도 돈 좆나리 써서 극장엘 가야한다 이거지."

"씨발년아, 말 좀 곱게 써. 저기 알바가 다 듣고 있잖아, 쪽팔리게."

"후훗, 저 알바 있지…."

속닥거리는 소리가 전쟁터의 총알소리와 폭음 위로 재빠르게 지나쳐갔다. 곧이어 키득거림이 이어졌다. 병춘이가 눈을 돌려 여고생들의 얼굴을 봤다. 제기랄.

"던힐 라이트 한 갑 주세요."

"…미성년자에겐 판매할 수가 없습니다."

에로영화채널 앞에서 마주쳤었던 그 여자 손님이었다. 아니, 그 여고생이었다. 건전지의 숨이 뚝 끊어졌었던 그날처럼, 병춘이의 얼굴이 또 붉어졌다. 화면에서는 톰 행크스가 빗발치는 총알들 사이에서 약진을 시도하고 있었고, 수류탄이 날아들고 있었다. 화면이 거칠게 흔들렸고, 또다시 몇 명의 군인들이 죽어나갔다.

"에이, 씨발. 저번에는 팔았잖아요? 꼰대처럼 왜 또 깐깐하게 굴려고 들어요? 짜증나게 하지 말고 그냥 팔아. 아니면, 내가 우리 반 애들한테 여기 편의점 알바는 야간마다 에로영화 보면서 탁, 탁, 탁 한다고 소문이라도 내줄까?"

이 여고생과 마주친다고 그렇게 으스스한 기운이 감돌았던 것일까? 병춘이는 일부러 여고생에게 눈길조차 주지 않고 채널을 돌렸다. 《태극기 휘날리며》가 나왔다. 여전히 화면은 거칠게 흔들리고 있었고, 이번에는 톰 행크스가 아닌 원빈이 약진을 시도하고 있었다. 저 영화가 전국 1,000만 관객을 돌파했었던가? 1,000만 명까지는 아니더라도 눈자위가 허옇게 뒤집어진 장동건이 휘두르는 기관총에 1,000명은 족히 죽어나가고 있는 듯 했다.

"아아, 답답해, 씨발. 안 팔아? 안 팔 거야? 왜 사람이 말하는데, 쌩을 까? 알바 주제에 좆나 꼰대같이 굴고 있네! 변태, 색마주제에. 두고 봐. 탁, 탁, 탁."

결국, 병춘이는 담배를 내주었다. 두 여고생이 편의점을 나서며 또 키득거렸다. 아마 저희들끼리는 병춘이에게 가했던 '탁, 탁, 탁'의 협박이 먹혔다며 좋아하고 있을 터였다. 여고생들이 사라지자 긴장이 풀렸다. 그때부터 창을 타고 빗물이 흐르듯이 시간이 유연하면서도, 그 흐름에 끈적임을 두며, 흘러갔다. 그리고 어김없이 새벽 3시에 이르렀다. 또, 몇 편의 에로영화가 잽싸게 지나쳐갔다. 또, 낯익은 장면이 눈에 들어왔다. 한눈에 보아도 양아치같은 4인조가 다짜고짜 주유소에 쳐들어가서 주유소 사장의 멱살을 잡고 있었다. 《주유소 습격사건》이었다. 병춘이가 햇수로 5년 전에 봤었던 영화였지만, 욕설을 남발하고, 주먹을 휘두르던 주인공들의 대략적인 이미지는 확실히 기억에 남아있었다. 다시 채널을 돌렸다. 《주유소 습격사건》에서 다시 《주유소 습격사건》으로 돌아오기까지 1분이 채 걸리지 않았다. 그 사이에 영화가 십여 편이 지나쳤고, 재방송되던 대여섯 편의 드라마가 있었다. 역시, 케이블이란, 그렇고 그랬다. 볼만한 것이 없을 땐, 코믹액션이 그나마 봐줄만 하다.

화면에서는 이성재가 주유소에 현금이 없는 것이 말이 되냐며, 주유소 사장 박영규의 뒤통수를 내리치며 협박을 하고 있었다. 그때, 편의점 문이 열리고 고삐리 4명이 들어섰다. 비바람에 섞여 소주냄새가 밀려왔다. 비릿한 빗물과 알싸한 소주의 향이 숨죽이고 있던 병춘이의 불안함을 다급하게 깨우기 시작했다. 교복을 추스르며 편의점 안을 활보하던 그들이 컵라면을 골라서 카운터로 다가섰다. 묘한 긴장감이 병춘이의 몸에 스며들었다. 술에 취한 그들이 저마다 손에 컵라면을 쥐고 병춘이 앞에 말 없이 일렬로 늘어섰다. 다행이었다. 술을 더 마시려는 것 같지는 않아보였다. 이제 조용히 계산을 치르기만 하면 그만이었다. 바코드를 들어 컵라면에 찍으며, 병춘이는 그들에게 똑같이 나무젓가락을 하나씩 주었고, 줄을 선 차례대로 계산을 치러주었다. 화면에서는 다시 이성재가 현금을 구하기 위해 주유소에 찾아오는 손님들에게 기름을 무조건 만땅으로 주유하고 있었다. 언제 주인 공들이 정체를 들킬게 될지 모르는 아슬아슬한 순간이었다. 그 아슬아슬한 순간에, 균열을 맞닥뜨린 것은 화면 속 4명의 주인 공들이 아닌 화면 밖의 4명이었다. 제기랄.

온수기에 물이 모자랐다.

5.

상식적으로, 온수기에 물이 모자랄 수도 있는 문제다. 하지만, 그들은 술에 만취해 다른 무엇보다 컵라면의 뜨거운 국물 하나 만을 절실히 갈망하는 청춘의 끓는 피들이었다. 무서운 십대다. 그걸 잊어서는 곤란하다. 그 위기의 순간에, 그나마 병춘이에게 작은 위로가 되어준 건 물이 순번대로 돌아가다가 마지막 한 명 에게만 부족했었다는 점이었다. 얼마나 다행인가? 4명 중 1명이 라니! 그렇지만, 그런 얄팍한 기대도 녀석이 바닥에 멀쩡한 라면 을 내팽개치면서 일순간 사라지고 말았다.

"아이, 씨발! 저 알바 개새끼, 물도 안 채워뒀어!"

뭐? 개새끼? 저 씨발새끼 좀 봐라?

고삐리의 욕설에 반사적으로 이마의 핏줄이 꿈틀거렸지만, 병춘이의 시선은 고삐리의 입이 아니라, 고삐리가 딛고 서 있는 바닥에 가서 박혔다. 비가 내리고 있는 탓에 바닥은 온통 시커먼 발자국들로 덮여있었다. 덕분에 바닥에서 부서져 사방으로 튀어버린 하얀 라면 부스러기는 더욱 하얗게 보였고, 빨간 스프가루는 더욱 빨갛게 보였다.

씨발, 좆나 지저분해졌네!

화면에서는 강성진과 유지태가 주유하던 차의 남녀를 트렁크에 구겨 넣고 있었다. 여자가 신고하겠다고 소리를 지른 대가였다. 씨발, 저걸 또 언제 치우지? 잠깐, 근데, 뭐? 저 어린노무 호로새끼가 뚫린 아가리라고 막 씨부리네? 카운터 밑에 있는 빨간 단추가 떠올랐다. 물을 받지 못한 고삐리가 다짜고짜 저돌적으로 전진해왔다. 눈앞에서 점장의 무표정한 얼굴이 떠올랐다.

'상황이 좀 거시기하다 싶으면 여기 야구 배트 보이지? 그냥, 갈겨버려.'

오랜 시간 잠들어 있었던 병춘이의 근육들이 일제히 비명을 내질렀다. 손이 자연스럽게 야구 배트를 거머쥐었다. 턱수염이 부슬부슬한 점장의 무표정한 얼굴이 머릿속에서 클로즈업 되었다.

　그냥, 갈겨버려.

　뛰어들려는 고삐리와 몽둥이를 움켜진 병춘. 그 찰나의 간극을 가르며, 삐리리리, 입구의 차임벨이 우렁차게 울렸다. 동작을 멈춘 그들을 내려다보며 새로운 손님이 2명 더 편의점으로 들어서고 있었다. 나이 마흔에서 오십 줄쯤으로 보이는 두툼한 덩치의 아저씨들이었다. 병춘이는 몸에서 힘을 빼고, 배트를 놓았다. 마음에 걸리는 점이 있었다면, 눈앞의 고삐리들보다 술 냄새가 더 역하다는 점이었다. 여전히 시끄러운 화면에서는 주인공들이 점령한 주유소에 또 다른 양아치들이 들이닥쳐 시비를 걸고 있었다. 양아치들은 주유소 아르바이트생 중 정준을 찾고 있었고, 주인공들에겐 천연덕스럽게 욕을 내뱉었다. 아, 이 새끼들. 머리 색깔하고는... 유지태의 얼굴이 굳어졌다. 고삐리와 어른들의 시선이 교차되었다.

　두 명의 어른들이 뒤돌아서서 얼굴에 무엇인가를 뒤집어썼다.

모르긴 몰라도 새롭게 등장한 그들의 복장에 대해 사람들은 '복면'이라고 표현하는 걸로 안다. 얼굴에 뒤집어 쓴 것이 스타킹이든, 양말이든, 통이 큰 비니모자든 종류를 상관하지 않고 뒤집어 썼다는 사실이 우선 중요한 것이라면, 그들은 확실히 복면을 썼다. 그것도 2명이.

"뭐야, 이 핏덩이들은? 다들 정렬하고, 어서 돈 있는 거 다 꺼내!"

2인조 복면강도들의 품에서 칼과 쇠몽둥이가 튀어나왔다. 병춘이는 반사적으로 두 손을 번쩍 들어보였다. 고삐리들은 눈이 휘둥그레졌다. 화면에서는 유오성이 박영규에게 대가리박아를 강요하고 있었다. 만세를 부른 자세로 뒷걸음질을 치는 병춘이와는 달리, 만취한 고삐리는 여전히 당당했다.

"이 양아치 새끼들, 생긴 건 멀쩡하게들 생겨서 어디서 강도질이야, 강도질은! 씨발, 너넨 집구석에 마누라도 없냐? 애도 없어? 니기미, 막말로 늙어 문지방에 똥칠하는 부모도 없냐? 왜 야밤에 이 지랄이야, 지랄이!"

"지, 지, 지랄! 이 마빡에 피도 안 마른 새끼가, 죽고 싶어! 엉?"

역시, 무서운 십대다. 아무려면 어떨까? 그중에서도 뜨거운 물을 받지 못했던 녀석이 가장 용감했다. 눈에 쌍심지를 켠 것도 모자라 고개를 바짝 쳐들고 복면들에게로 다가서려 했다. 복면의 한 발이 먼저 앞서고, 뒤이어 칼이 한 차례 허공을 가로질렀다. 그래도 뜨거운 물을 받지 못했던 녀석은 여전히 용감했다.

"칼? 씨바, 칼 넣어봐, 넣어봐 이 새끼야! 배짱도 없는 쉐이가 어디서 구다잡고 지랄이야. 씨발, 개새끼! 야! 여기야, 여기! 여기다가 칼 넣어봐, 넣어봐, 이 새끼야! 못 넣기만 해봐, 개새끼, 넌 깜빵 보내기 전에 내 손에 뒈질 줄 알아!"

또 다른 복면의 한 발이 앞서고 쇠몽둥이가 한 차례 춤을 추었다. 우당탕쿵탕. 엎질러지는 소리에 새우깡, 양파링, 고래밥, 자일리톨껌이 바닥으로 일제히 다이빙을 했다. 지켜보던 병춘이가 아플 텐데, 생각을 하게 된 건 순전히 쇠파이프를 휘두르다 말고 사람의 정수리가 아닌 철제로 된 가판대를 후려친 복면의 손목이 걱정되어서였다.

"이런 미친 호로새끼!"

그것이 액션$_{action}$신호였다. 고삐리 4인조가 동시에 몸을 날려 복면강도 2인조에게 달려들었다. 편의점은 일순간 난장판이 되었다. 칼을 피하고 쇠몽둥이를 몸으로 막으며 고삐리들의 팔다리가 복면들의 급소로 파고 들어갔다. 어느 순간 저만치로 나가떨어진 칼과 쇠몽둥이. 그때부터 사정없이 복면 위로 쏟아지던 주먹 끝에서 물기를 먹어 질퍽한 솜뭉치를 치는 느낌의 소리가 묻어나기 시작했다. 복면에서 피가 배어나오고 있었다. 고삐리들이 주먹을 거두고 발길질을 가했다. 쓰러진 복면들을 가운데 두고 동서남북 사방위로 둘러싼 고삐리들이 공놀이를 하듯이 발길질로 복면들을 서로 주고받았다. 일방적인 폭행, 그것도 멈추지 않는 폭행 속에서 고삐리들의 발길질이 서서히 무디어졌다. 그리고 그 무디어지는 발길질을 따라서 현실이 권태로운 B급 학원 액션물처럼 무표정하게 클로즈업 되는 것 같았다. 그때, 4인조 가운데 가장 용감했던 한 명이 장면연출의 마무리를 위해 멀리 치워버렸던 쇠몽둥이를 찾아들고 돌아섰다. 그리고 제대로 웅크려있지도 못하는 마흔 줄의 두 명을 복날의 개처럼 혓바닥을 빼어 물때까지 사정없이 내리쳤다. 한 차례 호흡을 흐트러트리는 천둥번개가 쾅, 광분한 녀석의 몽둥이질에 결국 뻑, 하고 둔탁한 소리가 났고 뒤를 이어 헉, 하고 바람이 새어나오는 듯한 신음소리가 났다.

갈비뼈라도 부러졌나? 씨발, 역시 쪽수가 후덜덜하네!

화면에서도 주인공들에게 시비를 걸던 양아치들이 혼쭐이 나고 있었다. 결국, 그들도 박영규처럼 바닥에 대가리를 박았다.

6.

사건이 일단락되었다. 영화 《주유소 습격사건》도 끝이 났다. 편의점에서 승리를 거둔 것은 건달 4인조였고, 그들은 순전히 병춘이의 시급으로 장만된 새로운 컵라면을 받아들고 웃어보였다. 복면강도 2인조는 건달 4인조들이 뜨거운 라면 국물을 호호 불어가면서 먹고 있을 때, 손발이 묶인 채 암담한 표정으로 그것을 지켜보아야 했다.

"아저씨들, 정말 집에 누구 없어요? 왜 이러고 돌아다녀요?"

"…."

"여기 편의점에 과산화수소랑 연고 같은 것도 팔아요?"

"네, 저기 잡화코너에 있어요."

"몇 개 계산해 주세요. 보니깐 이 아저씨들도 술김에 실수하신 것 같은데, 제가 연고랑 좀 발라드릴게요. 그리고 이 아저씨들 이따가 날 밝아지면 그냥 풀어주세요. 그런데 혹시... 신고하셨어요?"

"아, 신고는 아직….."

"잘 하셨어요. 신고는 하지 마시고요. 연장은 우리가 챙기고 가다가 알아서 잘 버릴게요."

"뭐, 그렇게 해주시면, 저야 고맙죠."

조금 전과는 너무 다른 태도였다. 사람은 오래두고 봐야 안다는 옛말이 틀린 말이 아니다. 알고 보니 이토록 친절한 학생이 아닌가? 뭣보다 역시, 뜨거운 라면 국물이 들어가니 온순해졌다.

"아저씨, 그러게 동네 편의점 같은 걸 털 생각이나 하셔서 되겠어요? 네? 나이도 지긋하신 분이. 에이, 쯧, 조금만 더 이렇게 계시다가 날 밝으면 조용히 집에 들어가세요. 네? 여기 편의점 알바 하시는 분이 얼마나 긴장했겠어요? 얼굴 이리 돌려봐요. 연고 좀 바르게."

컵라면을 다 먹은 고삐리들이 저마다 입에 담배를 한 개비씩 빼물었다. 복면이 벗겨진 복면강도 2인조들은 여전히 손발이 묶인 채 한쪽 구석에서 역한 소주냄새와 시큼한 땀 냄새를 풍기고 있을 뿐이었다. 고삐리들이 팔자걸음으로 편의점을 나섰다. 차임벨과 함께 멀어지는 그 뒷모습을 보며, 병춘이는 청소를 시작했다. 씨발, 이걸 또 언제 다 치우나? 아, 좆같네. 다행히 공병부대 출신의 병춘이는 손쉽게 구부러진 철제 가판대를 손볼 수 있었다. 아, 군필자 우대는 이런 경우를 위해서였나? 어지럽게 튄 핏자국들을 보니 병춘이의 입에서 다시 욕이 절로 튀어나왔다. 좆같네, 좆같아. 걸레를 빨아와서 구석구석을 닦아내기 시작했다. 걸레질을 할 때마다 병춘이의 입도 걸레가 되었다. 씨팔. 개새끼들. 애고 어른이고, 니미럴 것들. 술 쳐 마셨으면, 집에 곱게 들어가서 쳐 주무시기나 할 것이지. 개 같은 것들. 그렇게 쉬지 않고 욕을, 욕을 하고나니 핏자국은 말끔히 지워졌다. 그러는 사이에 또 한편의 영화가 끝났고, 빗줄기가 가늘어졌다. 신기하게도 그 난리블루스를 치르는 동안 손님이 단 한 명도 오지 않았다. 아니, 어쩌면 들어오려던 손님들이 주먹질에 얼굴이 죄다 이지러진 아저씨들을 보고 놀라서 발길을 돌렸는지도 모를 일이었다.

어느 새 비가 그쳤다. 점장이 오려면 이제 삼십 여분도 채 남지 않았다. 병춘이는 구석에서 몸을 움츠리고 있는 아저씨들에게로 다가갔다.

"니이미이, 씨이파아알…."

갈비뼈가 부러진 탓인지 아님, 너무 맞아서 혀뿌리라도 상했는지 이빨 사이로 바람이 새어나오듯 말이 새어나왔다. 병춘이는 그 꼴을 보고 있자니 갑자기 피로가 몰려왔다. 이제 그냥 다 꺼져주었으면. 말없이 재빠르게 끈을 풀어주고 카운터로 돌아와 채널을 돌렸다. 장동건이 비에 젖어 피를 흘리며 쓰러지고 있었다. 고마해라, 마이 묵었다 아이가. 초점을 잃은 눈동자가 허공을 헤매고 있었다. 한 쪽에서 몸을 일으키고 있는 아저씨들의 눈빛과 너무나 닮았다. 장동건의 명연기였다. 스스로의 몸도 버거워 보이는 아저씨들이 서로를 부축하며 자리에서 일어섰다.

"니이미이, 씨이파아알⋯."

청명한 차임벨에 아저씨들의 욕지거리가 잘려져 나갔다. 어느
새 떠오른 해를 등지고 선 점장이 문을 열고 들어서고 있었다. 아
저씨들이 그와 동시에 반사적으로 고개를 푹 숙이고 편의점을 빠
져나갔다.

6-1.

병춘이의 발걸음에 힘이 없다. 30미터도 채 되지 않는 퇴근길
이 지구 3바퀴보다도 멀게 느껴졌다. 간밤의 난리통에 긴장감을
쥐어짰던 탓인지 어깨마저 축 처져있는 모양새가 영락없이 민
물로 건져진 오징어다. 흐느적흐느적. 다행히 출근길에 챙겨 나왔
던 우산을 지팡이 삼아 간신히 걸음을 옮기고 있다. 그러거나 말
거나. 세상은 아침을 맞이했다. 우유배달, 신문배달이 병춘이를
지나쳐갔고, 그럴 때마다 골목을 누비던 길고양이들이 눈치를 살
피며 흩어졌다가 다시 나타났다. 길고양이들의 그 묘한 움직임은
병춘의 집 앞 골목에 이를 때까지 이어졌다. 병춘의 발걸음이 멈
췄다. 그리고 뚝. 모든 소음이 사라졌다.

하늘 위로 새 한 마리 날아가지 않았고, 땅 위로는 사람은커녕 방금 전까지 쫓아오던 길고양이들마저 사라지고 없었다. 누군가 인위적으로 만들었다고 밖에는 생각되지 않는 절대적 적막만이 아침햇살에 말라가고 있다. 주머니에서 열쇠를 찾던 병춘이도 뭔가 께름칙한 기분에 천천히 주변을 둘러보았다. 이미 해가 떠올라서 어디에도 어둠은 머물 수 없었다. 사위가 명확히 보였다. 적나라하게. 맞은편 전봇대 옆에 대여섯 마리의 길고양이가 죽어있었다. 병춘은 조심스럽게 그 시체더미를 향해 걸음을 옮겼다. 카메라가 클로즈업 되듯이 병춘의 눈에 모든 정황들이 점점 더 세밀하게 들어왔다.

최후에는 서로를 물어뜯었나 보다. 고양이들의 입가에는 알 수 없는 하얀 거품들과 서로의 털 뭉치가 말라붙어 있었다. 발톱에도 털들이 끼어 있었고, 저마다 한 움큼씩 털이 뽑혀있었다. 그러나 고양이들을 죽음으로 몰고 간 것은 그런 사사로운 다툼이 아니었다. 죽은 고양이들의 머리맡에는 낯익은 참치 캔과 아스피린 통이 있었다. 털썩. 순간 다리가 풀려버린 병춘은 그 자리에 주저앉고 말았다. 여전히 주변은 고요했고, 비에 젖었던 고양이 시체들이 말라가며 역한 냄새만을 풍기고 있었다.

그 여자의 편지, 쌍곡선을 그리다

한반도에는 3개국이 공존하고 있다. 남한과 북한, 그리고 군대. 이중에서 제일로 기이한 나라가 군대다. 누구든 거지에서부터 시작하여 왕까지 이를 수가 있다. 정치적 자질 같은 것은 문제가 되지 않는다. 누구든 시간이 이끄는 대로 신분상승의 쾌감을 맛볼 수 있다. 군대라는 나라의 폐쇄성 때문에 사람들은 왜곡되고 과장된 사실을 의심 없이 받아들이는 경우가 종종 있다. 대표적인 예로, 군인들은 군대 이야기, 축구 이야기, 군대에서 축구한 이야기만 하는 줄로 안다. 안타깝다. 군대라는 나라도 결국, 사람이 사는 나라다. 국경이 다르더라도 사람들 이야기를 하게 되면, 재미날 수밖에 없다는 말이다.

휴가

지금. 강릉에서 대구로 쾌속 질주하는 우등고속버스 안에서 불을 붙이지 않은 빈 담배의 필터를 곱씹고 있는 군인이 한 명 있다. 일병 김철민. 군복 왼편 가슴 부위에 관등성명이 멋들어지게 박혀있다. 빳빳하게 풀을 먹여 깃을 살린 군복과 얼굴이 훤히 비칠 정도로 공을 들여 닦은 전투화가 그 멋을 더해준다. 꿈에 그리던 일병 정기휴가다. 손에 쥔 라이터를 쉴 새 없이 매만진다. 옅은 파란 불꽃이 잠시 튀었다 사라진다. 이러다간 차가 도착하기도 전에 라이터의 부싯돌이 먼저 날아가고 없을 것이다.

'드디어 만나게 되는구나!'

철민은 그녀를 떠올린다. 철민을 긴 시간 불안함에 떨게 했었던 그 여자. 철민이 고개를 돌려 흔들리는 차창을 바라본다. 강렬한 8월의 햇살을 가린 커튼이 흔들림에 맞추어 춤을 춘다. 그녀를 기다렸던 철민의 지난날도 이처럼 쉴 새 없이 흔들렸었다. 그 여자를 처음 마주하게 되었을 때의 떨림과 입대하기 직전까지 죽어라 여자에게 달려들었던 시절의 절박함, 그리고 입대 후에도 잊지를 못해서 끈질기게 보냈었던 편지와 편지, 답장이 없는 편지에 이어졌었던 전화와 전화, 길고 긴 신호대기음. 다행히, 이젠 다 지난 일이다. 나부끼는 커튼의 레이스 끝자락을 바라보며, 그 여자의 가느다란 다리를 가리던 하늘색 레이스의 긴 치마를 떠올린다. 걸음걸음이 나비의 날갯짓이 되어 철민을 손짓했었던 첫 만남이었다. 혼란스럽고, 앞이 전혀 보이지 않았던 뜨거운 가슴의 스무 살. 철민을 진정시킬 수 있었던 것은 오로지 그 매끈한 두 다리 뿐이었다. 그 여자의 두 다리를, 그 여자를, 마주하고만 있으면 머릿속을 어지럽히던 많은 잡음들이 일제히 부동자세가 되고는 했었다.

목 뒷덜미에서부터 오소소 닭살이 피어오른다. 지난 십여 개월 동안 근처에도 가보지 않았던 에어컨 바람이 차갑다. 손을 뻗어 커튼을 조심스레 열어젖힌다. 그러자 오, 가슴팍으로 마구 쏟아져 내리는, 햇살, 햇살. 그 빈틈없는 햇살들 틈을 비집고 한달음에 철민의 품으로 달려드는 여자를 떠올려본다. 무리한 상상이라도 좋다. 답장이 왔다는 사실이 중요하다. 편지에 적힌 내용이 중요하다. 그 여자가 기다리고 있겠다고 했던 그 비밀스런 고백이 중요하다. 지난 10여개월 동안 단 한 번도 오지 않았었던 답장이 그토록 무거운 메시지를 안고 다가올 줄이야, 답장이 너무 무거워, 기분이, 좋다, 아주, 좋다.

습관적으로 시계를 본다. 이제 두 시간도 채 남지 않았다. 그때가 되면, 대한의 남아. 버스에서 내리게 될 것이고, 입에 물고 있는 빈 담배. 그 꽁무니에 불을 붙일 것이고, 긴장된 마음. 타는 갈증을 대신하여 길게 한 모금 빨아들일 것이고, 활짝 핀 가슴. 플랫폼에 들어서게 될 것이다. 그리고⋯

영어회화

영지가 핸드폰을 꺼내 시간을 확인하였다. 일정하게 걸음을 옮기는 초침과는 달리 버스는 더디기만 했다. 퇴근시간을 전후하여 길 위로 쏟아져 나온 자동차들이 꼬리에 꼬리를 물고 길게 늘어서고 있었다. 영지가 짧게 한숨을 몰아쉬었다. 차창 너머로 내려앉기 시작한 어둠이 신속하게 자리를 잡아가고, 그에 뒤질세라 가로등이 켜지기 시작했다. 오토바이를 선두로 늘씬한 경량급의 차들이 구석구석 틈새를 비집고 들어섰다. 상황이 이렇다면, 볼 것도 없이, 지각이었다. 체념은 빠를수록 좋다. 영지가 가방에서 어학용 카세트를 꺼냈다.

Lesson Three. Whom do you want to speak with? (누구를 바꿔드릴까요?)

Chapter One. Listen.

Would you tell me your company name?

(전화거신 회사 이름이 어떻게 됩니까?)

I will take your message to call you back.

(담당자가 자리에 오면 전화하라고 전달하겠습니다.)

I will connect you to the right person.

(담당자 바꿔드리겠습니다.)

Whom do you want to speak with?

(누구를 바꿔드릴까요?)

Lesson Three. 항상 Lesson Three가 고비였다. Lesson Four 부터는 어떤 회화테이프이든 어려워졌다. 그러니 집중을 필요로 했다. 영어에는 왕도가 없다고 했던가? No pains, no gains. 영지는 노력 없이 얻는 것이 없다는 말을 믿어 의심치 않았다.

Chapter Two. Listen and Repeat.

신호등에 발이 걸린 버스가 급히 멈추었다. 차창이 흔들렸고, 손잡이가 흔들렸고, 영지가 쓴 뿔테안경이 흔들렸고, 어학용 테이프의 진도가 그 틈을 타 영지를 앞질러 저만치서 손짓을 했다.

되감기. 한 문장이라도 놓칠 수가 없었다. 실용회화는 모두가 토익점수와 직결되어 있었고, 토익점수는 앞으로 책정될 그녀의 연봉과 직결되어 있었다. 목소리를 가다듬고, Native Speaker의 발음을 천천히 따라했다. 버스의 승객들이 모두 영지를 돌아보았지만, 영지는 굽힘없이 정면을 응시한 채로 정확한 발음을 구사하기 위해 노력할 뿐이었다.

"담당자 바꿔드리겠습니다. I will connect you to the right person."

사람들의 수군거림과 따가운 시선들이 영지에게 닿기도 전에 힘을 잃었다. 영지는 말 그대로 당찼다. 버스가 코너를 돌다 말고 그 우렁찬 목소리에 놀라 슬쩍 브레이크를 걸어봤지만, 그것도 허사였다. 흔들리는 손잡이와 흔들리는 사람들. 되감기.

"누구를 바꿔드릴까요? Whom do you want to speak with?"

바야흐로, 무한경쟁의 시대다. 월등한 경쟁력만이 내일을 보장할 수 있다. 영지는 이미 그렇게 생겨먹은 세상에 대해 잘 알고 있었다. 지금은 버스를 타고 출퇴근하는 학생이지만, 내일은 검정색 고급 세단에 운전기사를 대동하고 나타나리라. 영지가 흘러 내리는 뿔테를 고쳐 썼다. 흘러내릴 것 같은 이어폰을 매만졌다. No pains, no gains! 사람들의 시선은 충분히 즐길 수 있는 수준의 것이었다.

Chapter Three. Try again.

찢겨진 편지

흥분에, 잠을 못 이룰 것 같았던 철민이 거짓말 같이 잠이 들었다. 꿈도, 꾸게 되었다.

꿈속의 철민은 훈련병이다. 갖은 욕설과 구타, 사소한 모든 것들로부터의 감시에 금방이라도 질식해 버릴 것 같았던 훈련병 시절의 모습 그대로다. 그 시절, 철민에게 추위쯤은 아무것도 아니었다. 아침마다 배급받는 우유가 얼어있어도, 식판을 세척하고 돌아서는 길에 살얼음이 끼어도, 칼바람에 손끝이 갈라지고, 귀가 찢어지는 것 같아도, 모두 견딜 수 있는 것들이었다. 견디기 힘들었던 건 오로지 여자 때문이었다. 여자 생각에 고된 훈련 속에서도 늦은 밤까지 잠을 이루기가 힘들었다. 막말로 해가 떠있는 동안은 아무리 뭣 같고, 더러워도 모든 것들이 순간이었다. 그런 순간들의 연속을 지나 잠자리에 들면 기다렸다는 듯이 여자의 얼굴이, 여자의 매끈한 두 다리가 떠올랐다. 군대가 그나마 있을 만한 곳이라고 말할 수 있는 이유 중의 하나가 밤이 되면 편하게 잠들 수가 있다는 점이었지만, 안타깝게도 철민에게는 그런 달콤한 휴식 시간이 오히려 짐이 되고 있었다.

꿈속의 철민이 훈련 중에 챙긴 손전등을 꺼내고 있다. 그 때부터, 잠들지 않고 눈치를 살폈다. 이윽고 자정을 넘기고, 불침번도 교대를 마쳤다. 철민이 모포를 머리끝까지 뒤집어쓰고 그 안에서 편지지를 펼쳤다. 어느새 양손에는 볼펜과 손전등이 갖추어져 있다. 손전등을 켜서 입에 문다. 모포 안이 환하다. 천천히 펜을 움직이려는데, 떨리는 필체를 감추지 못해서 첫 줄만 몇 번이고 고쳐서 쓴다. 손전등을 물고 있는 입의 근육이 일그러진다. 철민도 모르게 편지지 위로 무언가가 뚝뚝 떨어진다. 눈물이다. 눈물이 떨어져 편지지 위에 번져서 어렵게 쓴 인사말을 망친다. 눈물을 삼키고, 소리를 죽이는 가운데, 손전등을 물고 있던 입에 침이 가득 고인다. 어쩔 수 없이 새 편지지를 꺼내려고 가만히 뒤집어쓴 모포를 헤치는데, 바보같이 입에 물고 있던 손전등의 전원을 끄지 않은 채다. 눈앞에는 당직하사 완장을 찬 조교가 어이없다는 듯이 철민을 내려다보고 있다. 공포와 두려움에 어느새 눈물이 말라있다. 얼굴 가득 경악을 떠올리고 있는데, 조교의 앙칼진 목소리가 어두운 내무반을 가른다.

'전원 기상!'

훈련병들이 순식간에 기상을 하고, 모두들 시계를 보고 어리둥절해 한다. 곧이어 소란을 눈치챈 당직사관이 들어왔고, 그의 입에서 믿기 힘든 말이 떨어진다.

'현재 시각은 11시 15분. 앞으로 기상시간 06시 30분전까지 전원 50분 기합에 10분 취침한다!'

모두들 숨도 제대로 내쉬지 못한다. 다음 순간 당직사관은 내무반에서 사라지고, 거기에 홀로 남은 조교가 작은 음성으로 훈련병들을 괴롭히기 시작한다.

앉아, 일어서, 앉아, 일어서, 자동, 기상, 깍지 끼고 엎드려뻗쳐, 하나, 둘, 하나, 둘, 자동, 다시 기상, 대가리 박아, 똑바로 박아, 근육에 경련이 올 때까지 버텨, 버텨, 더, 더, 전진, 일어서, 앉아, 어깨동무실시, 일어서, 앉아, 일어서, 뒤로 취침, 좌로 굴러, 우로 굴러, 계속 흐트러지지? 다시 기상, 좌향좌, 엎드려뻗쳐, 뒷사람 어깨에 다리 걸어, 하나에 취침시간을, 둘에 준수하자, 하나, 둘, 하나, 둘, 목소리가 작아, 하나, 둘, 하나, 둘, 하나... 훈련병새끼가 미쳐 가지고 어이가 없어, 하나, 하나야, 하나, 올라오지 마, 그렇게 깡도 없는 주제에 왜 설치고 그래? 다시 하나, 둘, 기상, 전부 상단 관물대에 다리 걸어 올리고 대가리 박아, 얼마나 버티나 보자.

철민이 눈을 떴다. 버스는 여전히 대구를 향해 달리고 있다. 철민이 이마에 맺힌 식은땀을 닦는다. 이미 십여 개월이나 지났으면서도 그날에 관한 꿈은 꾸면 꿀수록 더 선명해진다. 이제 버스가 도착하기만 하면, 이 꿈과도 작별할 수가 있으리라. 철민은 품속에서 그 여자가 보내어준 답장을 꺼내든다. 버스가 너무 느려, 철민이 다시 라이터를 꺼내서 매만진다. 파란 불꽃이 피어보기도 전에 사라진다.

땡순이

꼬박 한 시간이 걸려 학원에 도착한 영지는 곧장 수업을 들었다. 매일 저녁 6시 30분이면 시작되는 어학원이었다. 영지는 그중에서도 중국어를 배우고 있었다. 배우기 시작한 지 3개월이 조금 지나고 있었지만, 영지는 이미 초급반 실력은 훌쩍 넘어선 상태였다. 토익을 준비하면서도 제2외국어를 이 정도 수준으로 해낼 수 있는 사람은 극히 드문 편이었다. 모두다 영지의 끈질긴 노력의 결과였다.

그럼에도 불구하고, 이토록 인생을 적극적으로 살아가려는 영지를 두고 주변에서는 말이 많았다. 영지의 생김새를 보고 피부 트러블이라는 우습지도 않은, 유아적인 발상의 별명은 그렇다고 하더라도 '땡순이'라는 별명은 아무리 생각해 봐도 참 어이가 없을 뿐이었다. 땡순이. 땡, 하면 학교에 출근해서 땡, 하면 집에 가고 땡, 하면 학원에 가서 땡, 하면 잠자리에 든다고 해서 땡순이다. 열심히 노력해서 좋은 결과를 얻고자 하는 자신에게 그건 어디까지나 시샘의 목소리에 불과한 것일 테지만, 영지라고 해서 항상 초연하게 반응할 수 있는 것도 아니었다. 그리고 무엇보다 결정적인 사실은 영지에 대해 알고 있는 사람들은 모두 땡순이라고 부르는 것을 당연하다고 여기는 점이었다.

한 번은 수업을 마치고 재빨리 점심을 먹기 위해 식당으로 향하던 중이었다. 영지의 등 뒤에서 귀에 익지 않은 낯선 목소리가 영지를 붙잡아 세웠었다. 그것도 너무도 천연덕스럽게 느긋한 태도로.

"어이, 땡! 땡순아! 나랑 이야기 좀 하자."

영지는 갑자기 가슴에 불두덩이라도 지져진 것처럼 열이 확 올라서는 반사적으로 고개를 휙 돌리게 되었다. 헌데, 기가 차게도 상대는 그런 것에 전혀 아랑곳하지 않겠다는 것인지 주머니에 두 손을 질러놓고는 태평하게 걸어오고 있었다. 학과의 학생회장이었다.

"음, 그래. 다른 게 아니고, 이번에 과 전체 MT 가는데 땡순이 너도 갈 수 있나 해서."

여전히 느릿느릿한 말투였고, 자연스럽게 땡순이라는 말을 내뱉고 있었다. 영지는 그 자리에서 그만 견디질 못하고 버럭 소리를 질렀었다.

"뭐야? 너 뭐하는 새끼야! 네가 날 알아? 누굴 보고 땡순이라고 그러는 거야? 언제부터 봤다고 반말인거야? 앙!"

마디마디에 악을 주어 쥐어짜듯이 내지른 소리에 그만 영지의 여드름이 터질 것처럼 붉게 타오르게 되었다. 상대는 말을 잃었고, 멀뚱히 그런 영지를 쳐다만 볼 뿐이었다. 두터운 뿔테 안경 너머로 영지의 두 눈에 눈물이 고였다. 결국, 건물 복도가 쩡쩡 울릴 정도로 길게 사이렌을 울렸다.

"으아아아앙!"

후에, 그 학생회장을 찾아가 직접 인터뷰를 해보았더니, 그는 눈앞에서 두꺼비 한 마리가 독이 단단히 올라서 온몸으로 울음을 울던 것만 기억이 난다고 하였다. 실로 정확한 표현이 아닐 수 없었다. 영지는 정말 그 자리에서 주저앉은 채로 소리소리 지르며 울어버렸었다. 그것도 여드름 꽃이 활짝 펴서 만발해질 정도로, 크게, 목청을 놓은 채로.

그런 사건이 있었던 이후로는 사람들이 영지 앞에서 땡순이라는 말을 삼가게 되었다. 하지만, 어디까지나 본인이 직접 듣는 앞에서만 조심하는 편이었다. 영지가 보이지 않는 곳에서는 누구라고 할 것도 없이 여전히 땡순이라는 말로 대신하고 있었다. 사실 영지의 실명을 알고 있는 사람은 상당히 드문 편에 속했었다. 영지라고 이런 사람들의 반응을 모르는 것이 아니었다. 하지만, 그럴 때마다 영지는 공부에 전력을 다하여 박차를 가할 뿐이었다.

책상에서 엉덩이만 키우고 있는 것 같아도 영지는 이미 잘 알고 있었다. 대한민국 사회에서 여자로 태어난 이상, 일단 예쁘고 봐야한다는 사실을. 마음이 비단결 같다거나, 살림을 잘한다거나 하는 건 어디까지나 부수적인 문제였다. 그런데 애당초 태어나길 독이 잔뜩 오른 두꺼비로 태어났으니 영지에게는 처음부터 선택권이 있을 수 없는 문제였다. 외모 덕분에 겪는 불친절과 냉대에는 이미 익숙했다. 그래서 영지는 목표에 더욱 몰입할 수 있었다. 이미 중학생이 되기도 전부터.

한 발 앞서 나아가고 있다.

그게 영지를 버티게 만드는 힘이었다. 어차피 시간 앞에서는 모두가 평등했다. 때가 되면, 같은 출발선에 섰던 경쟁자들과 함께 졸업을 할 것이고, 함께 사회로 나가게 된다. 바로 그 시점이 영지가 벼르고 있는 승부처였다. 세상과의 단판승부. 영지가 쌓아올리고 있는 스펙은 그때를 대비한 하나의 거대하고 굳건한 성채와도 같았다. 그럴 수밖에. 그 성채를 쌓아올리기 위해서 영지는 마음에 생채기가 생길 때마다 새살이 올라오기도 전에 책으로 덮어 마름질을 했었다. 시간이 그리 넉넉하지 못했다. 책을 읽는 와중에도 불친절과 냉대를 겪고, 아니, 좀 더 정확하게는 조롱과 멸시, 소외를 견디어야 했고, 때로는 나날이 탄탄해지는 성채 덕에 질투와 증오의 대상이 되기도 했다. 그럴 때마다. 다시 그 위에 외국어로, 전공 지식으로 촘촘하게 얽어내어 방벽의 틀을 잡아나갔다. 그리고 이제 거의 다 되어가고 있다. 남은 건 시간과 인내로 꾸준히 덧칠을 하며 홈을 메꾸어가는 것이다. 영지는 매일 밤, 두 눈을 감고 그 성채의 망루 위로 올라 앞으로 일어날 일들을 그려보곤 했다. 먹고 살기 힘든 시대, 개천에서 용이 나기 힘든 시대, 그 시대를 함께 살면서 별다른 인맥이나 배경도 없이 오로지 압도적으로 월등한 스펙으로 대기업에 입사한 위풍당당한 자신의 미래를. 그래서 눈을 뜨고 있을 땐, 누구보다 치열하다. 행여나 쌓아올리는 성벽에 균열이라도 생길까 부지런히 공부해 머리를 채우고, 자격증으로 지갑을 채워 넣기 바쁘다. 덕분에 안경알도 그만큼 더 두터워지고 무거워졌다. 이제 더는 그 뭉그러진 콧대로는 안경을 제대로 걸치고 있지도 못할 정도가 되었다. 그래도 영지는 이빨을 더욱 꽉 깨물 뿐이었다. 아, 그래서 몇 달 전까지 교정기도 찼었던가?

어쨌든 어학용 테이프로 귀를 막고 다녀도 사실은 다 알고 있었다. 많이도 말고, 피부라도 깨끗했더라면, 시력이라도 좋았더라면, 아님, 눈이라도 조금 더 컸더라면, 콧날이라도 날카롭게 섰더라면, 아님, 곰살갑게 애교라도 부릴 줄 알았더라면, 이 정도로 무시당하는 삶은 살지 않았을 것이라는 걸. 이처럼 악착같이 살지는 않아도 되었을 것이라는 걸. 무엇보다 이런 사실을 절대적 진리로 확신하게 된 것에는 옆집 여자의 역할이 컸었다.

옆집 여자.

전지현만큼 가늘고 긴 몸매에, 이효리만큼 딱 보기 좋은 볼륨의 인체비율을 지닌, 옆집 여자. 그 갈아 마셔도 시원찮을, 옆집 여자, 윤고은.

발신자 부담

이쯤에서, 군대라는 나라를 떠나 남한으로 귀화한 철민의 선임병을 만나 인터뷰했었던 자료화면을 보여주어야 할 것 같다.

- 군대에서 김철민 일병의 선임병이셨다고요?

- 네, 그렇습니다.

- 그럼, 같은 소대였습니까?

- 같은 소대뿐만이 아니라, 같은 분대였습니다. 그리고 제가 분대장이었죠. 그러니 김철민에 대해서는 잘 알 수밖에 없습니다. 제가 분대장일 때, 가장 신경 써야 했던 후임병이 바로, 막내였던 김철민이었습니다. 게다가, 녀석은 상당한 고문관이었기 때문에 이미 부대에서 관심병사로 통하고 있었습니다.

- 김철민이 고문관? 관심병사였었다고요? 구체적으로 어떤 일들이 있었죠?

- 뭐, 한두 가지가 아니었습니다. 일단 제가 봤을 땐, 군생활에 적응할 의지가 전혀 없었어요. 저 같은 경우에는 이등병 시절에 자대에 가서 고참들하고 간부들 이름을 외우는데, 3일이 걸리지 않았어요. 헌데, 사실 뭐 그런 걸 누가 일일이 가르쳐 줘서 외우겠습니까? 그래야 생활이 편하니깐 알아서 외우고 하는 건데, 이녀석은 한 달이 넘도록 외운 거라고는 중대장 이름하고, 제 이름하고, 자기 동기들 이름이 전부였어요. 그게 말이 됩니까? 이건 대놓고 군 생활하기 싫다고 하는 거였죠. 뭐, 자랑 같은 건 아니

지만, 저는 한 달도 안 되어서 간부들 타고 다니는 차종이랑, 번호판까지 다 외웠었어요.

- 아니, 간부들의 차종과 번호판까지 외울 필요가 있는 겁니까?

- 물론이죠. 위병소에 경계근무 나가면, 반드시 알아야 하죠. 병사들이 차 세운다고, 간부들이 통제를 따릅니까? 그냥, 밟고 지나가죠. 그러니 그 찰나의 순간에 쫄따구들은 누구 차이며, 그 차에 누가 탔으며, 어떤 용무로 출입한 것인지 다 알아내야 하거든요. 당연히 알고 나가야 하는 거예요. 요즘 군대는 그런 거 외우라고 선임병들이 말도 못하게 한다는데, 우스운 거죠.

- 그럼, 김철민은 위병소에 경계근무를 나가지 못했습니까?

- 그건 아니죠. 규율이 있고 하니깐, 일단 근무 투입이 되죠. 그럼, 그 때부터 시작인 거죠. 근무 시간 한 시간 반 동안 갈굼을 당하는 거죠. 선임병하고, 후임병이 같이 위병소에 근무 투입이 되는데, 후임병이 하나도 모른다, 어쩔 수 없이 선임병이 다 알아서 해야죠. 선임병 입장에서는 엄청 열이 받죠. 그래서 처음 3주 동안은 부대원들이 아무도 이 녀석하고 근무 나가게 되는 걸 원하지 않았어요.

- 그렇군요. 그럼, 경계근무 태도가 문제가 되어서 관심병사가 된 건가요?

- 아니죠, 그건 아니죠. 경계근무지에서 일어나는 일들은 간부들

이 잘 몰라요. 아무래도 초소에 병사 둘밖에 없으니깐. 뭐, 보고해서 간부들한테 알려봤자, 답도 없고 하니깐, 보통은 선임병들이 좀더 고생한다 생각하고 그냥 지나쳐요. 그래도 김철민이처럼 사태가 보통 사태가 아니다 싶으면, 알아서들 한 시간 반 동안 또 후임병 갈구는 거죠. 여하튼, 김철민은 좀 유별났었어요. 군대에서 튀어봤자 좋을 것 하나 없는데, 뭐, 지금 생각해봐도 좀 모자란 녀석이었죠.

- 그럼, 김철민이 또 다른 문제점도 가지고 있었단 말인가요?

- 물론이죠. 글쎄, 녀석이 남들이 다 일하고 있는 일과업무 시간에도 전화통만 붙잡고 있더라고요. 기가 차지 않겠습니까? 부대에서 최고 어른이라는 간부들도 다 일하거나 훈련받고 있을 그 시간에, 혼자 몰래 빠져나와서 전화통을 붙잡고 있었다고요. 이건 완전히 미친놈이죠, 미친놈. 그래서 중대장이 김철민이 경계근무 나가있는 동안 병사들 전원 소집해서 정신교육 했었잖아요. 오늘부터 김철민을 관심병사로 두겠다. 아무도 녀석의 행동에 트집을 잡지마라. 수상한 행동을 하면, 즉각 내게 보고할 수 있도록 해라. 참, 기가 찼었죠. 그 상황에서 제가 그 녀석 분대장이니, 꼴도 보기 싫은 중대장이랑 죽치고 앉아서 면담을 하는데… 아휴, 생각하니 또 열받네, 이거.

- 그럼, 관심병사로 지정된 후에는 어떤 조치를 취했었습니까?

- 부대에서 한 거라고는 별로 없었어요. 녀석의 전투복 견장에 노란 딱지를 붙였어요. 노란색 바탕에 검정색 펜으로 스마일마크 그려진 거였는데, 보고 있으면 좀 웃겼죠. 무슨 유치원생도 아니고, 그렇게 노란 딱지 붙이고 있는 게 바로 관심병사라는 증거예요. 괜히 그런 애들은 건들이면 피곤하니깐, 어디를 지나다녀도 선임병들은 다 못 본 척하죠. 그냥, 제가 죽어라 맘 고생한 거죠. 막말로, 그 자식이 자살시도라도 했다가 간부들한테 걸리게 되면, 일단 저부터 영창인데, 이런 제 심정 아시겠어요? 말년에 가시방석에 앉아 있는 기분인 거죠. 그래서 제가 그날 당장 김철민이 불러다가 야상의 허리끈 뺏고, 면도기 뺏고, 전투화 끈도 여분을 뺏고, 여하튼, 자살시도 따윈 생각조차 못하게 아주 원천봉쇄를 했었죠. 그래도 맘이 안 놓여서 작업도 김철민이 데리고 제가 직접 나가서 삽질했었고, 철민이한테는 작업도구도 안줬어요. 그냥 제가 하는 걸 보기나 하라고 했죠. 뭐, 칼이나 가위 같은 용품들도 제 허락 없이는 쓰지도 못하게 했었어요.

- 그렇군요. 음, 말씀 중에 김철민 일병이 전화통만 붙잡고 살았다고 했는데, 구체적으로 어디에 그렇게 전화를 하려고 했었던 거죠?

- 뭐, 그야 뻔하죠. 여자 아니겠어요, 여자. 물어보나마나죠.

- 그럼, 분대장이셨다고 하시니깐, 김철민 일병하고 상담 같은

것도 해주고 했었나요?

- 몇 차례 했었죠. 그렇지 않아도 전화에 계속 집착하니깐, 제가 알려줬었죠. 여자가 변심을 했을 수도 있는 것이고, 그 정도는 각오해야 한다. 그렇지 않으면, 네가 남은 군생활이 힘들다. 지금 전화도 수신제한을 걸어뒀을지도 모른다. 그렇지 않고서야 이렇게 전화를 안 받을 리가 없다. 그리고 여긴 계급사회이기 전에, 단체생활이 기본적으로 되어주어야만 하는 곳이다. 너 혼자의 감성으로 단체를 어지럽히지 마라. 모난 돌이 정 맞는다고, 이미 너 솔직히 누가 상대나 해주냐? 뭐, 그런 이야기들 자주해 주고는 했었죠.

- 그랬더니 변화를 보이던가요?

- 솔직히 말 몇 마디 한다고 그게 정리가 됩니까? 녀석은 제가 이빨 깐 것 중에 다른 건 다 걸러내고, 수신제한 걸어뒀을지도 모른다는 말만 기억하던 걸요. 그래서는 글쎄, 전화를 수신자부담으로 걸기 시작하더라고요. 전화번호가 핸드폰에 다르게 찍히게 해보려고, 제 깜냥에는 용을 쓴 거죠. 08217, 1541, 1566, KT카드 등등 헌데, 그게 그런다고 되나요. 여자들도 군바리들이 쓰는 수신자 부담이 어떤 건지 다 아는데. 나중에는 간부 휴대폰도 빌려달라고 해서 또 문제가 되기도 했었죠.

- 그럼, 결국, 포기하던가요?

- 포기요? 아직 그 자식에 대해서 아무것도 모르시나 보네요. 그랬더니 전화에서 편지로 전향합디다. 틈만 나면, 편지를 쓰던 걸요. 기본적인 개념이고, 뭐고, 그런 것도 없었어요. 개인정비가 뭔지도 모르는 아이였어요. 씻지도 않으려고 해, 먹지도 않으려고 해, 이발도 싫어, 손톱도 안 깎아, 빨래도 싫어, 대체 단체생활에서 기본적인 틀이 안 되먹은 거죠. 그게 말이나 됩니까? 그 시간들을 몽땅 편지 하나만 쓰려고 덤벼드니 나중엔 무서워지기까지 했어요.

- 일단 그 여자를 대단히 사랑하긴 했나보군요. 좀 궁금해집니다. 여자문제로 짐작은 하셨다고 했는데, 혹시 그 여자와 따로 어떤 사연이 있거나 한 건 들어보신 적이 없으신 겁니까?

- 저도 사람인데, 궁금하기야 궁금했죠. 저렇게 목을 매는 걸 보니까 대체 얼마나 예쁜 여자일까? 그 여자랑 진도가 어디까지 나간 걸까? 하, 참, 저도 이런 건 말하기 좀 쪽팔려서 넘어가려 했던 건데… 솔직히 그래서 따로 상담한답시고 담배 한 대 같이 태우면서 진지하게 물어본 적도 있어요. 늘 전화하고 편지 쓰던데, 여자문제 맞느냐? 대체 그 여자와 무슨 사이냐? 아니, 너 하는 짓을 보니 사귀는 사이 같은데 아니냐? 이상하게 듣지만 말고 솔직하게 서로 이야기해보자. 그 여자와 그래서 잠이라도 잤냐? 잤는데, 고무신 거꾸로 신었다고 그러냐? 그래서 그런 거라면, 생

각을 잘못한 거다. 요즘 시대가 어떤 시대냐? 여자가 남자들 몇 명하고 자고 다니는 게 어디 흉이라도 되는 세상이냐? 인생 길고 긴데, 너 그러다 여기서 짜부라진다. 그랬더니 글쎄, 그 녀석이 뭐라고 했는지 아십니까? 지금 생각해도 정말 어이가 없어서… 글쎄, 말년병장이 그렇게까지 신경을 써서 맞대면으로 진솔하게 먼저 이야기를 해보자는데, 단 한 마디도 않더군요. 무려 한 시간 동안. 단 한 마디도.

- 네, 잘 알겠습니다. 많은 도움이 된 듯합니다.

- 히야, 그런데, 그런 녀석이 벌써 일병 정기휴가를 나간다고요? 정말, 군대가 좋긴 좋죠. 그런 고문관도 결국 진급해서 후임병들 거느리고 다닐 수도 있고. 어떤가요? 그 자식도 이젠 적응을 좀 했나요?

인터뷰를 마치고, 잠시 생각을 해보지 않을 수 없었다. 이 정도라면, 확실히 수신자 부담이 아니라, 어디까지나 발신자 부담이었다.

쌓여가는 편지

학원을 마친 영지가 곧장 자취방으로 향했다. 하루 중 가장 짜증나는 시간이 바로 이 때다. 시간표에 맞춰서 정해진 시간대로 행동하는 영지와는 달리 옆집의 윤고은은 멋대로 돌아다니는 편이었다. 차라리 둘 모두 시간을 맞춰서 다니는 입장이라면, 영지는 일부러 걸음을 늦춰서라도 윤고은과 마주치는 일이 전혀 일어나지 않도록 만들고 싶었지만, 윤고은은 말 그대로 제멋대로였다. 그때쯤 해서 귀가를 할 때도 있고, 그렇지 않을 때도 있었다. 마주쳐도 윤고은만 마주친다면, 기분이 덜 상할 수도 있겠지만, 윤고은을 마주치는 날은 어김없이 윤고은을 집 앞까지 승용차로 모셔다주는 덜 떨어진 짐승들도 마주쳐야 했다. 영지에겐 한 마디로, 염병할, 정도의 상황이 종종 벌어졌었던 것이다.

염병들 하네.

아니나 다를까, 원룸 앞에 이르렀을 때, 영지는 또 못 볼 걸 보고 말았다. 외제 승용차였다. 거기서 문이 열리고, 윤고은과 남자가 내려서고 있었다. 종종 봤었던 풍경이지만, 어떻게 매번 함께 내리는 남자의 얼굴이 달랐고, 차가 달랐다. 그 사실에 또 화가 치밀었다. 기가 찼다. 대체 한눈에 봐도 머리가 텅텅 비어 보이는 저 계집애가 뭐가 볼 것이 있다고 남자들이 사족을 못 쓰는 것일까? 작별인사를 하고, 남자가 사라졌다. 윤고은은 마음에도 없으면서 남자의 차가 멀어질 때까지 손을 흔들어주고 있다. 그 동안 영지는 다시 한 번, 찬찬히 관찰을 해봤다. 몸매가 늘씬하다는 건 일단 인정했다. 그렇지만, 화장은 마음에 들지 않았다. 한눈에 봐도 떡칠이었고, 하루 동안 화장에 투자하는 시간만 해도 아마 회화 테이프를 몇 번은 들을 수 있을 시간이었다. 걸음걸이도 맘에 들지 않았다. 뒤에서 보고 있자면, 저절로 엉덩이가 흔들릴 정도로 과도하게 높은 굽의 힐을 신고 있어서 천박해 보일 수밖에 없었다. 손에 들고 다니는 저 명품 가방은 또 어떤가? 아마 그걸 살 돈으로 머리에 책을 집어넣었다면, 자격증 수 십 개는 따지 않았을까?

영지는 윤고은이 시야에서 사라진 뒤에서야 천천히 걸음을 옮겼다. 윤고은. 어느 과인지도 모르고, 몇 학년인지, 몇 살인지도 모르는 여자였다. 저 계집애의 이름을 알게 된 것은 순전히 우연이었다. 두 달 전이었다. 원룸으로 들어서면서 우체통을 보았더니 고지서가 있었다. 매달 잊지 않고 찾아오는 세금고지서에 짜증이 확 밀려오는데, 옆집의 우체통을 보았더니 텅 비어 있었다. 그때까지만 해도 옆집 여자는 미리미리 세금을 처리하는 참 현명한 사람일지도 모른다고 생각했었다. 하지만, 그건 잠시였다. 눈을 돌리는데, 우체통 밑에 편지가 한 아름이나 쌓여있는 것이었다. 받는 이의 주소를 보았더니 바로 옆집이었고, 그때 발견한 이름이 바로 윤고은이었다. 보낸 이는 군인이었다. 강원도 강릉으로 시작하는 군부대의 주소를 보고 있자니 마음이 흔들렸다. 이많은 편지를 군인 한명이 보냈다는 말인가? 아니나 다를까, 편지는 모두 그 군인에게서 온 것들이었다. 영지의 머릿속에 몇 가지이미지가 스쳐지나갔다. 허리춤까지 쌓인 눈과 얼룩무늬 군복, 까맣게 탄 피부를 드러낸 채 축구공을 차는 모습. 영지가 군대에관해 알고 있는 전부였다. 그날부터 영지는 옆집 여자를 의식하게 되었다. 늘 화장을 짙게 하는 여자. 고급 향수를 뿌리고, 명품가방을 들고, 남자들의 차를 얻어 타고 학교로 출근하는 여자. 몸매가 늘씬한 그 여자. 쌓여가는 편지 따위는 안중에도 없어보였다. 영지는 그런 윤고은을 보면서 괜히 열을 올렸다. 옆집 여자도 자신처럼 고작 대학생이다. 그러나 어울리지도 않으면서 명품가방을 들어야만 자존감을 확인할 수 있는 불쌍한 여자다. 옆집여자는 분명 남자들에게 인기가 좋다. 그러나 본인의 힘만으로는이 험한 세상에서 살아남을 수 없을 것이다. 곧 머지않은 미래에다시 입장이 갈리게 될 테니까. 영지는 바득바득 이를 갈며, 머릿속 절구통에 옆집 여자를 넣고서는 고운가루가 될 때까지 짓찧어빻아댈 뿐이었다.

그런 영지에게 문제가 생긴 건 최근이었다. 자취방으로 돌아와 우체통을 보는 순간이면, 늘 가슴 한 편이 짠해지는 것이 잠을 이루기가 힘들었다. 다음날 아침이 밝으면, 다시 힘찬 하루를 시작했다가도 밤이 깊어 학원에서 돌아오는 길이면, 아무도 없을 자취방의 문을 열기가 싫었다. 밤이 깊어질수록 한숨도 깊어져 가고 있는 영지였다. 그런 영지를 안아주는 것은 단 한 가지뿐이었다. 잠자리에 누워서 별을 헤아리는 마음으로 저 멀리 강원도에서 편지를 보내고 있는 군인을 떠올려 보는 것이다.

그날도 걸음을 옮기다 우체통에 눈이 머물렀었다. 영지를 기다리고 있었다는 듯이 한쪽에 쌓여있는 편지들이 보였다. 어떤 결심이 선 것은 바로 그 다음이었다. 영지가 주변을 둘러보았다. 아무도 없었다. 오로지 영지의 심장소리만이 귓가에 크게 울리고 있었다. 영지가 조심스레 손을 뻗어 편지 하나를 집어 들었다. 당장이라도 고막을 찢어놓을 것 같이 쿵쾅거리던 영지의 심장이 순간 조용해졌다. 영지가 재빨리 자취방으로 뛰어올라가 문을 열었다.

만남

버스가 멈춘다. 철민이 기다렸다는 듯이 앞으로 튀어나간다.

승차권을 버스기사에게 넘기고, 내려서며 담배에 불을 붙인다. 한 모금 길게. 담배연기를 내뱉는다. 허공으로 피어오르려던 담배 연기가 그만 흩어져 내린다. 그때까지만 해도 담배는 태우지 않았는데. 침샘에 니코틴이 들러붙으며, 철민이 처음으로 담배를 태웠던 날의 기억을 뱉어내게 만든다.

그만해. 넌 나에 대해서 아무 것도 몰라.

어렵사리 붙잡아서 죽을 만큼 절절하게 사랑을 고백했건만, 돌아온 대답은 너무나 짧았고, 차가웠다. 그래서 거절을 당했는 지조차 모르고 하던 말을 이어가려 했지만, 짧았던 대답만큼이나 가뿐하게 여자는 그림자조차 남기지 않고 사라진 뒤였다. 덕분에 술에게 잡아먹혀 태웠다던 첫 담배의 맛은 조금도 기억나지 않는다. 얼핏 설핏 떠오르는 이미지들은 골목골목을 돌 때마다 주차된 차들을 걷어차고, 전봇대의 허리춤을 끌어안고, 우당탕 쓰레기봉투 위로 까무러치던 스스로의 그림자뿐이다. 지지직. 군홧발로 태우던 담배를 비벼 끈다. 뭐, 이제는 그것도 추억이 되려나? 철민이 그림자를 길게 드리우며 플랫폼을 벗어난다.

영지가 터미널 입구에서 시계를 확인한다. 이제 곧 버스가 도착할 시간이다. 품에서 편지를 꺼내어 다시 한 번 읽어본다.

200X년 8월 00일.

드디어 휴가를 나가게 되었다. 지금까지 참아왔던 나 자신을 위해서라도 나는 너를 만나야만 한다. 만나서 물어보아야만 한다. 왜, 날 피하는 것인지, 아니, 이렇게 피할 것이었다면, 왜 나를 혼란스럽게 만들었던 것인지를.

아니, 사실은 이런 구차한 질문들에 앞서 이야기를 해주고 싶다. 위병소 철책 밖으로 일렬로 하얗게 늘어선 목련들. 어쩌다 바람이라도 불면 저 목련 꽃잎들이 어떻게 춤을 추며 바닥으로 지는지를. 그리고 그 한 잎, 한 잎이 마치 네가 날 부르는 손짓 같아 얼마나 어지러웠는지, 그 아찔한 현기증 아래에서는 네 이름과, 네 얼굴이 아니고서는 그 무엇도 생각나지 않았음을!

그러면서도 참 모를 일이다. 그 아찔함의 끝에서는 왜 매번 네게 붙이지도 못하고 눈앞에서 찢겨진 편지가 생각났던 것일까? 갈기갈기 찢어져서 내 눈앞에서 흩날리던 그 파편들이 연상된 건 순전히 떨어지던 목련 꽃잎들이 땅에 닿기도 전에 휘날리던 그 모양새 때문에 그런 것이었을까?

뭐, 이젠 어쨌든 좋다. 이젠 정말 몇 시간이 남지 않았다. 잠을 자는 시간도 아깝지만, 잠을 자야만 이 지루한 시간을 줄일 수 있으리라. 그리고 조금이라도 더 빨리 만나야 붙이지도 못하고 찢겨졌었던 그 편지의 내용들에 대해서 잊어버리지 않고 이야기해 줄 수 있으리라. 위병소 철책 너머에서 미치도록 널 그리워하게 만들었던 그 하얀 목련에 대해서도. 탄약고를 노랗게 물들인 개나리에 대해서도. 무엇보다 그 색색의 현란함 앞에서 끊임없이 떠오른 첫 번째 단어가 너의 이름이란 사실을 조금이라도 더 빨리 전해주고 싶다!

자칫, 한 단어라도 잊어버리기 전에. 지금. 바로, 지금….

영지의 머릿속으로 노란 개나리와 하얀 목련이 피었다지고, 그 뒤에서 떡 벌어진 어깨의 군인이 걸어온다. 전투모를 벗어 영지를 바라보는 눈은 우수에 차 있다. 가슴이 떨린다. 영지는 이미 우체통 밑에 쌓여있던 그 편지들을 모두 읽은 후였다. 윤고은에게 들키지 않게, 하루에 한 통씩, 남몰래 편지를 읽으며, 윤고은이 만나고 다니는 덜 떨어진 짐승들과는 전혀 다른, 우수에 찬 눈빛으로 먼 하늘을 바라보는 이 시대 마지막 남은 로맨티시스트를 떠올렸다. 은밀한 나날. 편지봉투가 하나씩 배를 벌릴 때마다 영지의 머릿속 군인은 그 눈빛이 더욱 깊어졌다. 이토록 섬세한 감성이라니. 그는 또래의 여느 남자들과는 달리 사람의 내면을 바라볼 수 있는 눈을 가졌으리라. 그러자 군인의 검게 그을린 근육도 더욱 탄탄해지는 듯 했다. 이럴 때 연예인 누군가가 떠오른다는 것이 마냥 부끄럽다. 영지의 까무잡잡한 피부가 검붉게 익어간다. 결국, 마지막으로 온 편지를 읽고 나서는 윤고은의 이름으로 답장을 쓰게 되었다.

핸드백을 열어 콤팩트를 꺼낸다. 버스터미널에서 철민을 기다리고 있는 자신의 모습을 되돌아본다. 아무래도 거울에 비친 모습에 자신이 없다. 처음 만나는 철민에게 그 편지를 자신이 썼다고 말할 수 있을까? 아님, 머리가 텅 빈 윤고은 따위가 당신의 편지를 손도 대지 않고 버려두고 있다고 사실대로 말해야 할까? 차라리 그 편지를 읽고 안타까운 마음으로 사람을 기다리고 있었던 것은 바로 자신이라고 고백을 해버릴까? 아님, 이것저것 풀어서 이야기하기 전에 지갑에 빼곡하게 꽂아둔 각종 자격증과 회화실력을 선보이는 것이 현실적일까? 여전히 고개를 빳빳이 세운 붉은 여드름 위에 두어 번 더 파우더를 칠해 본다. 태어나 처음 껴보는 서클렌즈의 푸른 빛깔이 어색하기만 하다.

멀리서 얼룩무늬 군복이 보인다. 멀어서 그런지 키가 작아 보인다. 아니다, 상대적으로 얼굴은 또 커 보인다. 영지가 고개를 갸우뚱하게 젖힌다. 군인이 걸음을 멈추고 전투모를 벗어 주변을 둘러본다. 설마, 윤고은을 찾고 있는 것일까? 설마! 영지가 고개를 바로 세우며, 조심스레 군인에게 다가선다. 군인이 영지 쪽으로 시선을 돌린다. 영지도 고개를 돌려 얼굴을 본다. 얼굴 전면에 여드름 꽃이 활짝 피어 있다. 게다가 여름햇살에 그대로 타버린 시커먼 얼굴이다. 그러면서도 큼지막한 눈알은 당장이라도 바닥으로 떨어져 굴러다닐 것 같다. 영지가 군인의 시선을 외면하며 주변을 둘러본다. 어디에도 군복을 입고 있는 사람이 없다. 영지의 뒷목이 서늘하다. 다시 걸음을 돌려 군인의 군복에 적힌 이름을 곁눈질로 확인한다. 갑자기 현기증이 오월의 장미마냥 만개하여 활짝 피어오른다.

'일병 김철민.'

재빠른 걸음으로 택시에 올라탄 영지가 입을 다물지 못한다. 맙소사! 이 시대에 마지막으로 남은 로맨티시스트가 독이 오를 대로 오른 두꺼비라니! 간절한 마음을 구절구절 아름답고 유려하게 펼쳐 보이던 로맨티시스트가 두꺼비였다니!

Chapter Three. Try again

김철민, 말이 필요 없다. 9박 10일의 정기휴가 동안 윤고은의 이름을 애타게 부르며, 술만 마신다.

윤고은, 철민의 첫 편지가 오던 날. 경악에 찬 얼굴로 바로, 이삿짐을 꾸렸다. 이 여자의 행방에 대해선 아무도 모른다.

옆집 여자, 이사를 온 이후로 줄기차게 날아드는 낯선 이름의 편지에 대해서는 도통 관심이 없다. 어장관리를 하며 팔자 한 번 바꿔볼 계획을 세우는 것이 삶의 낙이다.

서영지, No pains, no gains. 땡순이 오늘도 바쁘다. 버스에서 어학용 카세트테이프를 들으며, 큰소리로 따라한다.

Chapter Three. Try again.

대학 학부생 졸업반이었던 문수림은
이 소설로 교내에서 2년 연속 소설부분 우수상을 수상하게 된다.
이 작품은 성석제 선생님의
「비밀스럽고 화려한 쌍곡선의 세계」로부터
강한 영감을 받아 창작된 것임을 밝힌다.

Funny Valentine Day

오리온 고래밥 한 봉지에는 고래가 몇 마리 들어있을까?

신문지 위로 투하된 고래와 고래의 친구들은 그의 손에 이끌려 종류별로 줄지어 늘어서게 되었다. 그는 먼저 고래부터 그 수를 확인해 보았다. 고작 12마리였다. 오리온 고래밥에는 고래가 고작 12마리가 들어있었고, 고래와 조금도 닮지 않은 복어가 무려 26마리나 들어있었다. 그 외에 들어있는 것들은 상어와 꽃게, 오징어, 붕어, 불가사리, 거북이었으며, 그 수는 고래와 복어까지 모두 합하여 113이었다. 하지만, 고래밥이라는 이름에 조금도 걸

맞지 않은 비율보다 그를 더욱 슬프게 만들었던 사실은 고래나 붕어나 그 크기가 모두 동일하다는 점이었다. 고래밥 겉봉에 그려진 가슴을 당당히 펴고 있는 노란 고래는 어디에도 없었다.

그는 다시 한 번 과자를 하나씩 집어 그 생김새를 유심히 관찰하고 나서는 입으로 넣었다. 과자 특유의 짭짤한 맛이 그의 혀를 간질였고, 이내 그의 손은 과자 부스러기와 기름기로 범벅이 되었다. 재검사의 과정을 거쳤지만, 역시 위풍당당한 노란 고래는 어디에도 없었고, 고래는 고작 12마리가 확실했으며, 복어도 26마리가 틀림없었다. 그는 허탈한 마음을 감출 수가 없었다. 과자를 깔아두었던 신문지를 마구잡이로 찢어 손가락을 닦기 시작했다. 과자 부스러기가 다시 바닥으로 떨어졌고, 기름기가 손가락과 신문지 사이의 마찰로 닦여나갔다. 그리고 다음 순간, 그는 보지 말았어야 할 것을 보고 말았다.

[파이낸셜뉴스 2006-01-17]
[fn사설] '취업 않고 그냥 쉰다'는 123만명
비경제활동 인구 중 그냥 쉬는 사람들과 구직을 단념한 사람들이 큰 폭으로 증가했다. 16일 통계청이 비경제활동 인구를 활동 상태별로 분석한 자료에 따르면 그냥 쉬는 사람은 123만 8000명

으로 전년보다 19.8%(20만 5000명) 증가했으며 구직 단념자는 12만 5000명으로 전년보다 24.7%(2만 5000명) 늘어나 지난 2000년 16만 5000명 이후 5년 만에 가장 많았다.

찢겨진 채 여전히 바닥에 몸을 눕히고 있는 반쪽의 신문. 날짜로 봐서는 한 달 전쯤의 신문이었다. 이런 경제신문이 어떤 경로를 통해서 그의 자취방에 몸을 눕히게 된 것인지는 그도 알 수가 없는 노릇이었다. 다만 한 가지 확실한 것은 지금의 그처럼 자취방에서 홀로 고래밥의 숫자를 세어보았을지도 모를 사람들이 123만 명이나 된다는 사실이었다.

"씨이파아알."

눅눅한 습기를 헤치고 그의 욕설이 바닥에 몸을 눕힌 신문지 위로 쿵 떨어졌다. 그의 욕설에는 꽤나 무게가 실려 있었던지 빛 한 점 들지 않는 지하 단칸방이 순간 정적에 휩싸였다. 그 찰나의 정적 속에서, 그는 고래밥 겉봉에 그려진 당당한 가슴의 노란 고래에게 홀려 주머니를 탈탈 털어 고래밥을 사는 123만 명의 청년 실업자들과 마주하였고, 그들이 하나 같이 복어보다도 못한 고래를 보고 실망하는 것을 위로해 주어야 했다.

그는 조금 전, 자신의 손으로 직접 뜯었던 고래밥의 겉봉을 다시 보았다. 여전히 노란 고래가 당당하게 가슴을 펴고 그를 내려다보고 있었다.

대체 네 녀석이 어디에 있다는 거야?

그는 웃기지도 않다는 듯이 허탈한 웃음을 흘리며 과자 봉지를 집어던졌다. 그리고 시작이었다. 그대로 이불에 몸을 말아 방바닥에 들러붙어 잠을 자기 시작한 것은.

정확히 28시간 42분 51초가 지나서 그가 눈을 떴다. 그리고 때마침 그의 핸드폰 벨이 울렸다.

인생의 무게

전화를 걸다 말고 핸드폰 폴더를 접었다. 한 시간 전만 하더라도 마지막 기회라는 것이 있었다. 그녀가 수술대에 오르기 전에 남자에게 전화를 해서 이 사실을 알렸다면, 아마 남자와 그녀는 지금까지의 짐작과는 비교가 안 될, 인생의 또 다른 국면을 체험하게 되었을지도 모를 일이었다. 하지만 그녀는 그 기회를 버렸고, 앞으로도 자신의 짐작에서 그다지 어긋나지 않는 인생이 펼쳐지길 원했다. 그녀의 바람대로 한 시간에 걸친 수술이 진행되었고, 그녀와 남자의 인생에 아직 등장해서는 안될 아기는 다시 인생의 무대 뒤편으로 사라져 버린 것이다.

회복실 침대에 누워 핸드폰을 만지작거리는 그녀의 손가락이 링거병에서 영양제가 한 방울씩 떨어질 때마다 아래위로 흔들렸다. 간호사가 다가와 그렇게 삼십분 정도만 더 누워있으면 영양제가 다 들어갈 것이라고 했다. 전신마취의 후유증으로 아무런 감각도 없이 링거주사를 삼십분 동안 맞고 있는 것을 위해 의사는 수술비용에 5만원을 더 포함시킬 것을 권했었다. 그렇게 합산된 수술비용이 총 35만원이었다.

35만원.

아마 그녀가 열 달 동안 아기를 뱃속에 넣고 있기만 했었어도 35만원쯤은 쉽게 쓰였을 터였다. 어디 그뿐이었을까? 아기를 낳을 때도 몇 갑절의 출산비용이 들었을 것이고, 아기를 지금의 그녀만큼 키우기 위해선 밑 빠진 독에 물을 붓듯이 돈이 들어갔을 것이다. 그리고 무엇보다 어렵사리 취직한 지금의 직장에서 그녀가 출산을 마치고 돌아올 때까지 기다려주었을 것인가도 미지수였다. 모든 것이 불투명했고, 그녀가 홀로 감당하기엔 숨이 막힐 액수의 금액들이었고, 그 금액들로도 환산되기 어려운 시간들이었다.

15만원.

반면 아기 아빠가 될 남자의 한 달 용돈은 15만원이었다. 4년제 지방대학 출신의 남자는 졸업을 한지 벌써 1년이 지나고 있었지만, 여전히 취업 시험에 몰두하고 있었다. 매달 시골 고향집에서 붙여주는 15만원의 용돈으로 하루하루 끼니를 때웠고, 틈틈이 모은 돈으로 지금과 같은 비극을 막기 위해 콘돔을 사기에 급급했었다. 그런 남자에게 미래란 모든 것이 불투명한 상태였고, 남자가 감당해내기엔, '아빠'라는 직함은 당장의 젊은 나날을 전부 걸어도 위태로운 외줄타기 인생을 벗어나지 못할 암담한 무엇이었다.

그래서, 그런 이유로, 남자와 그녀의 아기는 남자와 그녀의 인생의 무게가 너무 버거웠던 관계로 스스로 인생의 무게가 얼마인지조차 재어보지 못한 채 수술대 위에서 사라지고 말았다.

그녀가 영양제의 조임쇠를 느슨하게 풀고, 핸드폰을 들어 번호를 누르기 시작했다. 점점 더 빠르게 흘러내리는 영양제처럼 그녀의 심장이 점점 더 빠르게 요동치기 시작했다.

나라가 망하려는 징조다?

발신자 번호를 봤다. 같은 학과 동기생 A의 전화번호였다. 그는 잠시 망설이다 말고 폰에서 시선을 거두고, 폰을 이불 밑으로 집어넣어 버렸다. 그 길로 그의 침묵과 핸드폰의 외침이 대립하게 되었다.

그는 침묵하며, A의 목을 비트는 상상을 했다. 그래도 울리는 벨소리에 A의 가랑이를 있는 힘껏 걷어차는 상상을 했다. 그리고 혀를 빼물고 뎅굴뎅굴 굴러다니는 A를 내려다보며 며칠 전의 술자리를 떠올렸다.

모두가 하나같이 졸업장 하나를 위해 대학 4년을 버렸다며 개탄을 하던 술자리였다. 그 술자리에 참석한 동기들 중 그 누구도 전공과 관련된 길을 가려는 사람이 없었다. 대부분이 어려운 나라 경제를 탓하며, 안전한 인생을 살기 위해 공무원시험이나 준

비해야겠다고 말했다. 그 말에 그의 인상이 단박에 어두워졌고, A가 제일 먼저 덤덤하게 가슴을 펴면서 말했다.

"9급도 이젠 어렵다고 하더라. 난 10급에 도전해볼까 생각 중이야. 뭐 일단 10급이라도 붙어놓고 일하면서 천천히 6,7급 준비하면 될 거 아냐? 안 그래? 어차피 한 번 붙으면 철밥통일 텐데."

"아이, 씨팔. 나라가 망하려니 별 개 같은 경우를 다 보겠네."

"그렇지? 이번에 10급 지원자만 87대 1이라더라! 정말 대한민국 어디로 가려는지...."

"대한민국이 문제가 아니라, 네가 문제지. 이 병신새끼야! 4년제 엘리트 대학생들이 공무원만 파고 앉았는데, 나라가 발전하겠냐? 고급인력이 현장에 투입되어서 뭔가 해보겠단 생각은 하지 않고, 개나 소나 다하려는 공무원을 해서 뭘 어쩌겠다는 거야? 네가 지금 하려는 짓거리가 뭐 하려는 짓거리인지 알기나 하고 씨부렁거리는 거야? 엉? 말 그대로 나라 말아먹는 소리야! 알아?"

그의 흥분에 술자리는 잠시 술렁거렸지만, 이내 곧 그 술렁거림은 고스란히 비웃음으로 변해서 그에게 쏟아졌다. 그리고 그 비웃음의 정점에서 입을 다물고 있던 A가 입가 가득히 조롱의 빛을 띠면서 그를 내려다보았다.

"그래서? 나라 걱정하신다는 나리께서는 대체 어디에 이력서를 내시려고요?"

"이력서? 까는 소리하고 있네! 내가 내 인생의 오너다. 이 씹새야!"

말을 끝내기가 무섭게 그가 주먹을 내질렀고, 그의 주먹이 A를 향해 날아가기가 무섭게 A가 몸을 틀어 오히려 그의 안면에 주먹을 내다 꽂았다.

녀석과의 화해란 하늘이 두 쪽이 나도 없을 일이다. 배터리를 뽑았다. 아무리 무진장 오래가는 배터리이고, 청명한 64화음이라 해도 이제 핸드폰은 그를 움직이지 못하게 되었다. 그는 다시 자리에 벌러덩 드러누워서 길게 하품을 풀어헤쳤다. 턱이 빠질 듯 말 듯 교묘한 하품이었다. 그렇게 늘어지게 하품을 하자니 다시 한 번 A녀석이 죽이고 싶을 정도로 미워졌다. 여전히 그의 머릿속에서 입에 거품을 문 채 바닥을 굴러다니는 A에게 몇 차례 발길질을 더하였다. 그러면서 또 한 차례 길게 하품을 풀어헤쳤다. 이번엔 눈물이 찔끔 흘러나올 정도로 지독한 하품이었다. 그렇게 늘어지게 하품을 하자니 안면의 근육들이 긴장이 완전히 풀려버린 건지 A에게 얻어맞았던 광대뼈 언저리가 욱신거렸다.

'그래서? 나라 걱정하신다는 나리께서는 대체 어디에 이력서를 내시려고요?'

그 순간에는 A의 물음에 주먹을 날렸었지만, 사실 그는 다음 날부터 가장 정직한 답변을 온몸으로 해주고 있었다. 당장 다음 날부터 학교에 나가지 않았다. 자취방에 틀어박혀서 줄곧 무협지만 읽었다. 그러면서 때때로 여자를 만났고, 여자의 입에서 취업에 관한 이야기가 나올 때마다 키스하며 달려들어 쓰러뜨리는 것으로 입막음을 하곤 했다.

갑자기 여자가 보고 싶어졌다.

핸드폰과 배터리가 다시 하나가 되었다. 전원을 켜자마자 우렁차게 64화음의 벨이 울렸다.

우유와 삼각김밥, 미역국, 그리고 초콜릿

"여기는 별일 없어요. 회사에도 별일 없죠? 일이 빨리 처리된다면, 늦어도 모레쯤에는 올라갈 수 있을 것 같습니다."

그녀는 핸드폰을 닫고 거짓말을 멈췄다. 이제는 회사에 거짓말을 하는 것쯤은 아무것도 아니다. 어제는 남자를 속였다. 남자는 어제도 면접에 실패해서 암담함을 감추지 못하고 있었다. 그녀는 그런 남자를 가만히 다독이며 들릴 듯 말 듯하게 나지막이 속삭였다.

　　'나, 회사 사정으로 일주일 정도 교육받으러 가.'

　　전화를 끊고 얼마쯤 뒤척였을까? 링거병 안의 영양제가 비어 있다. 여전히 혼자서 몸을 가누기엔 무리가 있었지만, 그녀는 서둘러 범죄현장을 벗어나려는 범죄자처럼 수상쩍은 비틀거림을 재촉하였다. 현관을 빠져나와 아득하게 펼쳐진 계단을 힘겹게 내려서는 그녀의 맞은편으로 한 쌍의 부부가 마주쳐왔다. 당당하게 불룩 솟은 아랫배를 내밀고 뒷짐을 진 부인과 그런 부인을 부축하는 남편이었다. 그녀가 계단 옆으로 바짝 붙어 비켜섰다. 내려서는 그녀의 그림자가 길게 키를 늘이며 길고 긴 계단을 덮었다. 어지럽게 흔들리는 하이힐을 따라 그녀의 아랫배에 서서히 통증이 가중되어 왔다. 아프고, 아프고, 또 아파오는 그 와중에도 그녀는 필사적이었다. 태어나 한 번 찾아와 본 적이 없는 낯선 동네의 골목길을 돌고, 돌고 또 돌았다. 차디찬 겨울의 길바닥 위에 이대로 주저앉아 으스러지게 될지도 모른다는 두려움에 직면하게 되었을 때쯤, 골목의 끝에 이르게 되었고, 거기에서 작은 편의점을 만날 수 있었다.

애써 편의점을 찾아냈지만, 그녀는 진열된 상품들 앞에서 한동안 망설여야 했다. 그리고 결국, 망설임 끝에 삼각김밥과 우유를 샀다. 삼각김밥이 입안에서 퍼석퍼석한 모래알이 되어 쉽사리 삼킬 수가 없었다. 돌연 눈물샘이 고여 왔다.

그래도 말을 했어야 하지 않았을까?

남자와 사귄 지 4년째로 접어들고 있었고, 남자가 아기의 아빠가 된 지 오늘로 8주차가 되어가고 있었다. 무수히 많은 말들이 눈물과 함께 터져 나올 것 같았지만, 그녀는 우유를 들이켜 삼키는 것으로 대신했다. 차가운 우유가 모래알 같은 밥알과 섞여 식도를 타고 내려갔다.

이럴 줄 알았다면, 우유라도 데워서 올 걸 그랬나?

순간 따뜻한 미역국과 남자의 얼굴이 겹쳐서 지나갔다. 그러자 홀로 애를 지운 '부도덕한 여자', '막 사는 여자'라고 스스로 광고라도 할 생각이냐는 자기비판의 목소리가 귓가에 이명처럼 울렸다. 남자에게 아기의 존재에 대해 말했었다고 한들 남자는 지금보다 더 큰 자괴감만을 맛보았을 것이다. 어쩌면 아기에 대한 걱정보단 자신의 콘돔이 찢어진 것이 대체 언제였는지를 떠올리려고 애쓰기만 했었을지도 모른다. 당장은 믿기가 싫을 테니깐. 그녀, 자신처럼 믿기가 싫을 테니깐. 그녀도 처음 생리를 하지 않게 되었을 땐 그저 설마 하는 심정이었다. 그리고 임신테스터기를 사용할 때에만 하더라도 어디까지나 형식적인 절차로 그칠 것이라 믿고 있었다. 믿기가 싫었으니깐. 하지만, 임신테스터기가 선명하게 두 줄의 빨간 선을 보였을 때, 그녀가 할 수 있었던 것은 고작 자신의 아랫배에 가만히 두 손을 올리고 잘 잡히지도 않는 아기의 맥박을 느껴보는 것이었다.

말을 했다면, 적어도 지금쯤 남자와 함께 이런 편의점이 아닌 식당에 앉아 있지 않았을까?

다리에 힘이 풀렸다. 수술 후 당분간은 출산을 한 임산부처럼 몸을 소중히 다루어야 한다던 의사의 말이 귓가에서 맴돌았다. 그녀가 천천히 걸음을 옮겨 편의점 창가에 놓인 간이의자에 몸을 앉혔다. 편의점 창밖으로 보이는 풍경에선 빛을 찾아볼 수 없었다. 높다랗게 솟아오른 건물들이 만들어낸 기다란 그림자들이 골목 안을 덮어 누르고 있었다. 그래서인지 그녀의 눈에 비친 창밖의 풍경은 그대로 얼어붙어 가는 듯하였다. 거리 위엔 사람이 없었고, 외롭게 버티어 선 가로등마저 그 불빛이 힘겨워 보였다. 창 너머에서 지켜보고 있던 그녀도 스며들어오는 한기에 어깨를 떨었다. 그리고 바로 그 때였다. 그녀가 골목을 돌아서서 나오는 앳된 소녀를 본 것은.

  가로등이 어렵사리 밝히는 노란 불빛으로 들어서는 소녀는 서늘한 한기에 맞서 무거운 걸음을 옮기면서도 두 뺨이 발그레하게 홍조를 띠고 있었다. 그리고 걸음걸음을 옮길 때마다 품에 안아들고 있는 짐을 한 번씩 내려다보며 살며시 웃고, 또 웃었다. 소녀의 품에 가만히 안겨있는 것은 별 다를 것이 없는 색색의 포장 재료들이었다. 아마도 소녀는 누군가에게 줄 선물을 준비하고 있는 모양이었다. 그것도 걸음마다 소녀로 하여금 미소 짓게 만드는 누군가를 위한 조금은 특별한 선물인 모양이다.

  가로등 불빛을 벗어난 소녀가 편의점 안으로 들어섰다. 소녀의 출입을 알리는 차임벨 소리가 편의점 안을 가득 메웠다. 천천히 소녀의 동선을 쫓던 그녀의 눈이 커졌다. 소녀의 발걸음이 멈춘 곳은 초콜릿이 진열된 곳이었다. 그녀의 심장소리가 커졌다. 편의점 아르바이트생과 소녀의 머리 위 사이 천장에는 붉은 바탕 안에 하얀 글씨가 선명하게 적힌 문구가 그들을 내려다보고 있었다.

'Happy Valentine Day!'

소녀와 초콜릿, 아르바이트생과 광고판, 이 모든 것들이 순식간에 얼룩져 형체를 알아볼 수 없게 되었다. 왼손으로 손수건을 들어 뜨거워진 눈시울을 가만히 눌렀다. 어깨가 살며시 떨려왔고, 머릿속에서 갖가지 그림들이 쏟아지고 있었다. 오른손으로 핸드폰을 꺼내들었다. 두서없이 쏟아지던 수많은 그림들 중 웃는 얼굴의 그가 천천히 클로즈업 되었다.

노란 고래와 이력서

벨소리의 주인공은 여자였지만, 그의 여자가 아닌 도서대여점 아르바이트생이었다. 연체료를 하루 빨리 내달라는 독촉 전화였다.

핸드폰 폴더를 접으며, 길게 한숨을 내쉬었다. 연체료는 둘째 치더라도 전화의 주인공이 그의 여자가 아니었단 사실이 그를 불안하게 만들었다. 애정전선에 빨간불이 켜졌다. 근래에 들어 여자의 연락이 뜸해진 것이 사실이다. 당장 28시간이 넘게 잠들어 있었을 때도 문자 한 통조차 없었다. 이제 곧 밸런타인데이다. 예전 같았으면, 이쯤에서 여행을 가자고 옆에서 호들갑을 떨어주어야 정상이었다.

고개를 갸우뚱하게 젖히고 기억을 더듬었다. 생각해보니, 지난주에 자취방에 놀러온 여자가 또 취업에 관한 이야기를 하려고 했을 때였던 것 같다. 여느 때와 다름없이 달려들어 키스를 했었다. 문제가 있었다면, 평소보다 다소 거칠게 그가 밀어붙였다는 것과 여자가 엄청 저항을 했었다는 정도였지만, 아무래도 그 미세한 균열이 불안함의 시작이었던 것 같다. 관계를 맺은 후 네 다리가 가지런히 놓이게 되었을 때였다. 늘 그래왔듯이 그는 여자가 마치 그의 마음 속 살점이라도 된 듯한 묘한 아늑함을 만끽하고 있었다. 하지만, 그런 그와는 달리 여자는 등을 돌리며 차가운 목소리로 말을 했었던 것이다.

'너, 이젠 내 남자 하기가 싫은 거니? 요즘 몰골이 계속 왜 이런 거야? 넌 걱정된다면서 어떻게 면접 같은 것도 한 번 안 보냐?
아니, 너 회사 알아보고 이력서 넣어보고는 있는 거야? 이젠, 지
겨워. 정말....'

거기까지 생각이 이르자 갸우뚱하게 젖힌 고개를 바로잡게 되
었다. 방바닥에 어지럽게 널린 옷가지들을 들추어 며칠 전에 사
두었던 이력서와 볼펜을 찾았다. 옷가지들이 들어올려질 때마다
시큼한 냄새가 함께 들어올려졌다. 결국, 온 방안이 퀴퀴한 냄새
로 가득 차게 되었을 때, 방바닥에 대충 베개를 놓아 가슴에 깔
고 엎드릴 수 있었다. 그래도 어렵게 이력서를 찾아낼 때와는 달
리 난생 처음 적어보는 이력서였지만, 일말의 긴장감 없이 성명과
주소, 주민등록번호를 한꺼번에 아주 시원시원하게 잘도 적어 내
려갔다. 뒤이어 초등학교 시절부터 몇 차례의 입학과 전학, 그리
고 졸업을 적는 동안에도 문제가 없었다. 다만, 최종적으로 대학
교 졸업예정일을 적었을 때, 새까맣게 잊은 줄 알았던 노란 고래
가 불쑥 고개를 치켜들었을 뿐이었다.

대체 똑같이 생긴 무리들 중에 당당히 가슴을 펴며 사는 노란
고래 같은 사람들이 있기는 있는 것일까?

사실 기억을 오래 더듬을 것도 없이 그가 입대를 하기 전까지만 하여도 그는 노란 고래와 다름이 없었다. 그는 언제나 무리들 중에서 자신감이 있고, 내일을 두려워하기 보다는 내일을 이용할 줄 아는 젊은이었다. 전공이든 교양이든 그에겐 학점 따위가 무게감을 주지 못했고, 영어 몇 마디 못한다고 하여서 삶이 어려워질 거라는 생각도 하지 않았던 시절이었다. 지금 적으려니 거기에 대해 자격증을 발부받을 수 있는 것도 아니고, 딱히 이력서에 적기에는 그 성격이 모호한 것이라 적을 수 없을 뿐이었다.

잠시 이력서로부터 고개를 돌려 베개를 베고 드러누웠다. 천장의 연속 사방 무늬 벽지가 지워지고 이력서 한 장이 그려졌다. 그리고 기다렸다는 듯이 순식간에 이력을 빼곡하게 채워나갔다. 여자와의 이력이다. 첫 만남에서부터 지금까지. 여자의 마음을 훔치기 위해 필요했던 자격증은 끈기와 자신감이었다. 밑천 한 푼 없어도 그것만으로 충분했던 시기가 있었다. 이력서가 그의 군 입대에서 잠시 멈칫했지만, 그것도 잠시. 군말 없이 면회를 와주었던 여자였었다. 그길로 면회 온 여자를 데리고 바로 외박을 나갔었고, 국가를 위한 충성이 아닌 한 여자를 위한 충성을 맹세했었다. 확실히, 행복한 이력이다.

다시 고개를 돌려 바닥에 놓인 이력서를 채우기 위해 펜을 들었다. 그렇지만, 여전히 여기에는 적을 수 없는 이력들만이 머릿속에서 맴돌았다. 몇 차례의 면회와 몇 차례의 휴가를 건너 그가 전역을 하게 되었을 때, 그는 건강했었지만, 그에게 주어진 환경도 그의 신체처럼 건강했던 것은 아니었다. 사업이 망한 가족들은 한날한시에 신용불량자가 되어있었고, 주변의 친구들도 카드빚에 젊음을 차압당한 상태였다. 덕분에, 군생활을 하면서 그가 구상했었던 수많은 사업 아이템들이 결국엔 엄청난 자본을 필요로 한다는 사실을 인식하게 되는 데까지 그리 오랜 시간이 걸리지는 않았다. 그가 이력서에 한 줄 긁적여 보았다.

'현실에 대해 눈을 뜨기 시작했었던 시기임.'

정말, 돈이 돈을 버는 세상이었다. 든든한 밑천 없이는 판도 못 벌리는 세상. 노란 고래와도 같았던 그의 삶이 그렇게 빛을 바래고, 주변의 무리들과 하등 다를 바가 없는 시시한 녀석이 되어가고 있었다. 새삼스럽게 확인해본 지난 시절의 성적들은 둘째치더라도 고등학교를 졸업하는 길로 함께 졸업했다고 생각했었던 영어를 다시 시작하려니 영어 알파벳이 그 시절보다 더욱 입체적으로 보이기만 할 뿐이었다. 이력서를 구겨서 과자 봉지가 던져져 있을 어디쯤으로 날렸다. 천장에서는 여전히 여자와의 이력서가 차곡차곡 쓰이고 있었다. 인생항로를 항해함에 있어 무수히 뱃전을 괴롭혔던 폭풍우를 온몸으로 함께 견뎌내던 여자, 최고의 여신선수상女神船首像· 전역을 한 이후로, 일이 그런 식으로 꼬여가자 여자를 붙들고 울고 싶어졌다. 크게 소리 내어 울면서 안겨있고 싶었다. 세상이란 것이 이토록 무서운 것이었냐고 아무 상관도 없는 여자에게 괜히 한 번 따지고도 싶었다. 네가 날 좀 안아달라고 비겁하게 구걸이라도 하고 싶은 심정이기도 했다. 하지만, 허튼 자존심이라는 것이 무엇인지 약한 모습은 보이지 않겠다는 결심이 그로 하여금 여자에게 건네는 모든 말들을 아끼게 만들었다. 그것이 죄스러워 점점 마음이 무거워져갔지만, 그럴 때마다 여자는 조용히 그를 위로해 주곤 했다.

여자의 위로를 받는 나날을 보내면서도 공무원 시험은 비겁한 겁쟁이들이나 하는 선택이라고 생각했었다. 남기지 못하는 이력의 소유자라고는 하지만, 남자라는 이름의 자존심을 쉽게 굽힐 수는 없었다. 9급 공무원시험 준비 따위는 평소 무리들 중에서는 그나마 영특하기로 소문이 났던 그가 선택하기엔, 절대 자존심이 허락지 않는 문제였다. 이미 학자금대출 등으로 나라에 빚을 지고 있는 청년실업자일망정 예전처럼 남들과 다른 신선한 아이디어로 승부를 내서 보란 듯이 성공해 보이고 싶었다. 다만, 그러려니 그의 주머니엔 먼지만 가득하였고, 영어는 너무나도 높고 가파른 정복 불가능한 성벽 같은 것이었다.

순간, 그의 인생이 빛 한 점 들지 않는 그의 자취방만큼이나 암울하게 느껴졌다. 방안의 공기를 모두 삼키고 나면, 앞으로 자신에겐 아무것도 남아있지 않을 것 같다는 두려움이 엄습했다. 헌데, 이렇게 무섭고 살이 떨리는 시기에 여자의 무관심이라니. 아니, 어쩌면 이대로 이별이 될지도 모른다는 생각이 들었다. 호흡이 가빠졌다. 현실에 존재하지도 않는 노란 고래 따위를 꿈꾸어 오던 자신이 더없이 가냘파 보였다. 뜯겨진 과자 봉지를, 구겨진 이력서를, 방구석 어딘가로 던져버렸던 것처럼 여자도 자신을 그렇게 내칠까 점점 더 두려워졌다.

한동안 현실에 덜덜 떨며, 눈물을 찔끔 흘렸다.

다른 건 몰라도 이대로 여자를 잃을 수는 없었다. 이제 곧 졸업을 하고, 취업의 난관을 넘어, 결혼의 문턱에 섰을 때, 그의 청혼을 받아야 할 사람은 다른 누구도 아닌 그의 여자였다. 무슨 수를 쓰더라도 흔들리는 여신선수상女神船首像을 붙들어 제자리에 고정시켜줘야 했다. 여자마저 놓치게 된다면, 꿈꾸어왔던 삶과는 영원한 작별을 고하게 될지도 모른다.

"씨팔, 쫄지 마! 그래, 뭐, 내가 잘못했나? 세상이 좆같은 거지."

불어오는 바람에 닻을 들어 올리듯 상반신을 벌떡 일으켜 세웠다. 왼손을 뻗어 모자를 챙겼다. 다시 오른손을 뻗어 양말을 챙겼다. 그렇게 폭풍우가 빗발치는 뱃전으로 향할 준비가 끝났다.

기억 記憶

그녀의 핸드폰이 남자와의 기념일을 확인시켜 주고 있었다.

4년 전의 오늘은 캠퍼스 어디쯤에 서 있는 굵다란 플라타너스나무 밑에 웅크리고 있다. 어둠이 고개를 들어 석양을 삼킬 때쯤이었다. 겨울의 드센 바람 속에서도 여전히 손가락 끝에 잎을 달고 있었던 굵다란 플라타너스나무 밑에 그녀와 남자가 마주보고 있었다. 먼저 두 뺨을 물들인 것은 그녀였다. 숨기고 있던 초콜릿 상자를 내밀었다. 그녀가 처음으로 대학에 발을 들여놓았던 스무 살. 갓 전역을 했었던 남자는 그녀만큼 어리둥절한 눈빛으로 캠퍼스에 적응하기 위해 애쓰던 복학생이었다. 또래의 동기생들보다 훨씬 든든해 보이는 가슴과 먼 곳을 내다보는 안목을 가지고 있으면서도 강의실을 찾지 못해서 허둥댈 때에는 그 눈빛에 천진함이 묻어났었던 남자였었다.

소녀가 수십 분에 걸쳐 정성스럽게 고른 초콜릿을 계산대로 올린다. 아르바이트생은 그런 소녀를 보고 싱긋 웃어 보이며, 제품들 하나하나를 바코드로 찍기 시작했다. 소녀는 계산대에 찍히는 금액들을 보며 조마조마한 마음을 누르고 서 있었다. 아마 어렵게 맞춰온 용돈을 초과하면 당장이라도 곤란한 표정이 될 것이고, 아르바이트생은 그 앞에서 더 난감한 표정으로 고개를 저어보여야 할 것이었다. 기억 속의 그녀도 조마조마한 마음으로 계산대를 올려다보고 있었다. 주머니 속에는 난생 처음으로 받은 월급봉투가 들어있었다. 아르바이트가 어떤 것인지조차 모르던 그 당시의 그녀가 주말 동안 식당에서 서빙을 했었다. 몇 번의 실수로 일당보다 깨먹은 그릇의 수가 더 많았다. 덕분에 월급봉투는 배가 홀쭉했다. 아르바이트생의 손놀림을 유심히 지켜보던 소녀의 얼굴이 환해졌다. 지켜보던 그녀가 더 다행스런 마음이 들었다. 기억 속의 그녀는 당황한 빛이 역력했다. 계산대에서 한동안 발을 동동 굴렸었다. 결국, 최초에 생각했었던 모양새대로 초콜릿을 포장할 수는 없었다. 더욱 떨리는 마음이 되었고, 남자 앞에 섰을 때는 얼굴을 붉히는 것만이 그녀가 할 수 있었던 전부였었다.

어쩌면 기억은 사랑의 다른 이름일지도 모른다. 그녀는 남자가 주었던 선물들을 다 기억하고 있었다. 세상이 그들만의 것이라고 한껏 오해하고 있었던 그 철없던 대학시절. 그녀는 남자가 자신을 사랑하고 있는지 늘 끊임없이 확인받고 싶었다. 연애감정의 줄다리기를 지칠지 모르고 즐겼었던 연인들. 남자는 그녀의 불안함이 고개를 들기 전에 늘 한발 앞서 움직이려 하였다. 그녀가 괜스레 우울한 날이면, 마음을 달래어 줄 꽃 한 송이를 말없이 준비했었던 남자. 늦잠이라도 자는 날에는 어떻게 알았던지 모닝콜을 해주던 남자. 그녀의 일상이 그렇게 남자로 채색되던 나날이었다. 그런 나날들의 연장선 속에서 남자보다 졸업이 늦었던 그녀가 남자보다 먼저 취업을 하게 되었다. 혹시나 하는 심정에 취업시험도, 면접도 모두 남자 몰래 치렀는데, 덜컥, 합격이 되었다. 마음 한 구석에는 확실히 기쁜 마음이 차오르고 있었지만, 괜스레 남자에게는 큰 죄를 지은 것 같았다. 가슴이 먹먹해졌다. 그 혼란의 순간에 남자에게 전화가 왔었다. 이미 눈치채고 있었노라고. 지금 그녀를 향해 달려가고 있다고. 두 손에 케이크와 꽃

다발이 들려있으니 샴페인만 준비해 달라 말했었던 남자였다.

편의점을 나서는 소녀를 보며, 그녀는 눈시울이 다시금 뜨거워지는 것을 느꼈다. 시간은 그들을 얼마나 바꿔놓은 것일까? 그리고 또 앞으로는 얼마나 더 바꿔놓을 것인가? 과연 그녀가 남자에게 무엇을 해줄 수 있을까? 남자에게 무슨 말을 할 수 있을까? 전신마취로 인하여 자신도 모르는 사이에 아이가 죽어 없어졌다는 사실을 들려줄 수는 없었다. 아니, 그 전에 아이가 언제부터 그녀의 뱃속에서 숨쉬고 있었는지조차 말해줄 수가 없는 노릇이었다. 그녀는 단지 졸업을 하고도 여전히 취업시험에 목을 매며 책상 앞에 앉아있는 남자가 너무 안쓰러웠다. 시험에 낙방할 때마다 또는 남자보다 한 발 앞서 취업에 성공한 친구들을 대면할 때마다 남자의 눈빛은 심하게 흔들렸다. 그래서 안아주었던 것이고, 조금이라도 남자를 편안하게 만들어주고자 함께 밤을 보냈을 뿐이었다. 그러니 이토록 어지럽고 애틋한 두 마음이 만나서 그녀 뱃속에 작은 생명으로 거듭났었다는 사실을 말할 수는 없었다. 난해하고 무거운 문제를 지금까지 그녀 혼자 끌어안고 있었다는 사실도 마찬가지. 지금 당장 생각나는 무수히 많은 말들이 무엇 하나 남자에게는 전할 수 없는 것들이었다. 그녀는 여전히 수습기간 중인 박봉의 사회초년생이고, 남자는 여전히 내

일을 짐작 못할 청년실업자였다.

홀러내릴 것 같은 눈물을 훔쳤다. 이제는 그녀가 남자를 위해 기억을 만들어주어야 할 차례라고 생각했다. 그녀는 잘 알고 있었다. 남자의 불안함을 덜어주기 위해 자신이 어떠한 노력을 한다고 한들, 남자가 스스로의 힘으로 취업에 성공하지 못한다면 그만이었다. 그렇다고 그렇게 되는 걸 지켜보고만 있다면, 그녀와 남자의 미래를 위해 죽어간 이 이름도 없는 한 생명은 그 누구의 기억으로도 연소燃燒되지 못한 채 완전히 소멸될 것이 분명했다. 그녀가 아기의 맥박이 사라지고 저릿한 고통만이 밀려오는 아랫배에 손을 올렸다. 이 고통, 분명히 존재했었던 희미한 맥박을 위해서라도 그녀는 남자의 곁에 흔들림 없이 있어주어야 했다.

심호흡을 내쉬었다. 어렵게 마음을 진정시킨 그녀가 자리에서 일어섰다. 여전히 다리에 힘은 풀린 채였고, 저릿한 통증이 전해져 오고 있었지만, 그녀는 천천히 걸음을 옮겨 초콜릿 진열대로 다가섰다. 비틀거리는 걸음마다 머릿속에서 색색의 포장지들이 스쳐지나갔고, 곧이어 4년 전과 조금도 다를 바가 없이 환히 웃고 있는 남자가 나타났다.

Funny Valentine Day

좁디좁은 골목을 돌고 돌아서 부지런히 발걸음을 놀리는 그의 어깨엔 통기타가 걸려있다. 걸음걸음을 내딛을 때마다 왼손이 허공에서 코드를 짚어갔다. 아마 그의 발걸음이 멈추어 서게 된다면, 그건 여자의 집 앞이리라. 그리고 그녀의 집 앞에서 그는 한차례 기타를 튕기며 사랑을 노래할 것이다. 어차피 인생이란 무대에서 화려한 조명이나 밴드의 반주, 코러스를 미리 준비하지 못했다면, 생목으로 라이브를 날려야하는 법. 그 후에, 여자가 집밖으로 나오건, 나오지 않건, 그건 더 이상 중요한 것이 아니다. 문자그대로, 그가 여자가 나올 때까지 기다릴 테니 말이다.

끝으로, 여자를 만난 그는 분명 다음과 같이 말할 것이다.

내가 생각을 좀 해봤는데, 우리가 사는 세상이 오리온 고래밥과 조금도 다를 바가 없는 것 같아. 고래밥 알지? 거기에는 왜 물고기들이 종류별로 잔뜩 들어 있잖아. 고래랑, 상어랑, 복어랑, 붕어랑… 근데, 웃긴 게 고래랑 붕어랑 덩치가 다 고만고만하거든. 현실에서도 성적이 좋은 사람, 영어가 되는 사람, 상술이 뛰어난 사람, 컴퓨터를 잘 다루는 사람, 뭐, 제각각 많이 있지만, 나는 사이즈가 전혀 다른 사이즈라고 큰소리치면서 가슴 당당히 펼수 있는 놈은 몇 없는 것 같아. 그냥, 다들 고만고만한 덩치들이 모여서 저마다 나름의 개성으로 버티고 있는 거지. 꿈? 특기? 전공? 그냥 서로 좀 다르다 뿐이고, 우린 그냥 같은 하늘 아래에서 서로서로 눈치만 보면서 경쟁하고 있는 거야. 왜냐면, 진짜 사이즈가 다들 고만고만하니까. 다들 4년제 대학졸업생이고, 다들 토익 공부하고, 다들 공무원 준비하고, 임용고사 준비하고, 유학 다녀오고, 불안해서 대학원도 다녀보고. 그러니 좀 나아봤자 그틈에서 성적이 좀 괜찮은 정도인 거잖아? 그런 거라면, 나, 솔직히 앞으로 잘 할 수 있을 것 같아. 그리고 막말로 세상이 요 모양 요 꼴인 게 내 잘못은 아니잖아? 그런데, 내가 더 눈치보고, 내가 더 노력한다는 것도 좀 웃겨. 일단 너도 겪어봐서 잘 알겠지만, 내가 어종이 특이하잖아. 그러니까 내 색깔대로 일단 열심히 해보는 거지 뭐. 어차피 고만고만한 애들이랑 계속 경쟁할 거면, 전혀 다른 길로 가보던가, 아님, 옆에 있는 다른 놈들이 실수할 때까지 버티면 되는 거잖아? 그런 거라면, 할 수 있을 것 같다고. 뭐, 솔직히 내가 우리를 요만한 사이즈로 만든 세상을 어떻게 바꾸지는 못하더라도 네 얼굴에 웃음꽃 피도록 바꾸는 건 전공이니까. 그러니까, 뭐, 다시 노래라도 한 곡 더 뽑아볼까?

스탠드 불빛 아래에서 남자와의 추억을 받침 삼아 편지를 쓰는 그녀. 스탠드 불빛이 닿지 않는 한 편에는 정성들여 포장된 초콜릿 상자가 하나 있다.

우리들의 Valentine day가 Happy valentine day까지는 아니더라도 그래, 지금 솔직히 모두들 많이 머리 아픈 상황이고, 좀 우습기도 한 모습들이니깐, Funny라고 하자. 우리들의 Funny valentine day를 위해.

이 초라하고 가난한 서사로
당시 전국 대학생 단위 공모전에서
소설부분 문학상 최종 후보로 거론되는 영광을 안았었다.
솔직히 당시에는 원망스런 마음이 컸지만,
지금 생각으로는 낙선하여 참 다행이다.

쪼다

1. 5분과 50분

…솔직히 당신이나 나 정도면, 이런 자리 나오기까지 각자 이런 저런 연애 몇 번씩은 해봤을 것이고, 가슴을 다 태운 사랑도 해 봤을 테니까…. 그래서 하는 말이에요. 여자들은 만나던 남자가 키스까지는 아니더라도, 당신들 뺨에 잠시 잠깐 입만 맞춰 주어 도 아, 지금 이 남자가 날 사랑해주고 있구나, 아니, 이마저도 이 미 습관이 되어버린 거구나. 다들 감으로 알잖아요. 그죠? 네, 그 래서 하는 말인데… 전 약속드릴 수 있다는 겁니다. 앞으로 함께 하는 시간 동안은 단 한 번의 입맞춤도 결코 가볍지 않을 거예요.

물론, 내 의지와는 전혀 관계없이 당신이 나를 바라보지 않는 시간들이 훨씬 더 많아질지도 몰라요. 그래도 전 괜찮다고 말하는 겁니다. 당신의 마음이 나와 함께할 시간 속에서 어떻게 변하든, 나는 매번 매순간 나의 떨림과 열정을 당신이 확실히 느낄 수 있을 만큼⋯ 건네 드릴 거라고요. 지금의 이 키스처럼⋯.

촉촉하다, 촉촉하다.

축축하다.

여인의 향긋한 입술이라 말하기엔 뭔가 너무나 텁텁하고, 그러면서도 입 주변엔 침이 흥건한 느낌이라 뭔가 이상하단 생각에 슬며시 한쪽 눈을 떠보려니 눈꺼풀 위로 바위라도 내려앉은 듯 힘겨워 견딜 수가 없다. 꿈이었다. 머리에나 두고 있어야할 베개를 입 안 가득 쑤셔 넣으려다 말고 졸린 눈을 겨우겨우 비비며 몸을 돌아눕는 남자의 모습이 딱 겨울잠에 절어있는 곰 한 마리와 전혀 다를 바가 없어 보인다. 그러니 곰인지 사람인지 분간해보라면 분명 어려운 문제가 틀림없겠지만, 다행히 저 생명체가 수컷인지 암컷인지 구분해 보라면, 남녀노소 국적불문, 틀릴 사람은 아무도 없겠다. 그럴만한 것이 한껏 기지개라도 켰으면 이젠 자리를 탈탈 털고 일어날 법도 한데, 일어날 생각은 않고 태연히 사타구니에 손을 넣고 소리를 내어 벅벅 긁다말고서는 그 손 그대로 꼼지락꼼지락 가지고 노는 꼴을 보이니 분명, 수컷이다.

　그래도 뭔가 아쉽다는 생각도 잠시 잠깐, 사타구니에 넣었던 손으로 이번에는 머리를 벅벅 긁어댄다. 점점 더 헝클어지기만 하는 머리 모양새가 뒤죽박죽인 수컷의 속내와 꼭 닮았다. 분명, 꿈속의 여자는 처음 만났던 여자였던 것 같고, 얼굴도 기억이 나지 않는데, 어째 단박에 들이댈 생각을 했던 것일까? 그것도 첫눈에 반했으니 잘 사귀어보자는 것도 아니고, 그냥 보자마자 덜컥 인생 다 걸고 올인 하겠습니다. 당신도 베팅하시겠어요, 콜? 콜!

　세상을 늘 띄엄띄엄 살아와서 그랬는지 꿈을 꿔도 일삼오칠구로 시원시원하게 막장으로 꿨다. 수컷 스스로도 막상 어이가 없지만, 웃어 보이지도 못할 노릇이다. 현실이었다면, 그저 상대가 당혹감에 뺨을 날렸던가, 욕을 날렸던가, 무엇을 날렸던 그걸 한 방만 날리지는 않았을 것 같다. 그래, 꿈이라서 참 다행이다 싶어 하면서도 까짓 꿈이었는데, 5분만 더 잘 걸 그랬다 싶어 한다. 5분만, 5분만, 어차피 꿈이니 현실에서 5분이면, 만리장성을 쌓고 또 쌓아도 시간이 남았을 텐데, 누가 꿈 아니랄까봐, 맛이 들어 알맞게 익었을 때, 딱 깨버리고 말았다. 그렇게 비틀비틀 용케 세면대 앞으로 옮겨 서서 어푸어푸 세수를 하다말고 흠칫 놀라며 거울을 뚫어져라 쳐다본다.

5분은 염병, 맞선까지 50분도 안 남았잖아!

2. 당신의 결혼 가능 점수는?

우리의 주인공이 씻을 거 다 씻고, 면도하고, 옷매무새 단정히 하는, 호박에 줄긋는 과정 같은 건 일단 모른 척 해주자. 아직 그가 약속 장소에 도착하기까지 우리에겐 적어도 50분의 여유가 생겼다. 난 이 짬을 놓치고 싶지가 않다. 이 틈에 그가 어쩌다 맞선을 보러 나가게 되었는지를 알려주는 게 더 재미있을 것 같다. 마침 딱 좋은 타이밍이다.

시간을 단숨에 건너뛰어 지난해 겨울로 돌아가 보자. 여러분도 알고, 나도 알고 있는, 크리스마스용 러브 코미디 영화가 크리스마스를 앞두고 개봉했을 때쯤이었다. 주변 회사 동료들이 하나 둘, 그 영화를 보기 위해 약속을 잡고, SNS에서 인증샷이 나돌기 시작하자 우리의 주인공은 당혹감을 감출 수가 없었다.

'설마, 이렇게 서른다섯 번째 크리스마스도 혼자인 건가?'

당혹감을 느낀 다음부터는 순식간이었다. 어느덧 길거리에서 캐럴이 쉼 없이 흐르고, 영화의 순간순간을 패러디한 각종 패러디물들이 SNS에 홍수처럼 쏟아져 나오기 시작해 이젠 바보가 아닌 이상에야 그 영화가 어떤 내용인지를 모두가 대략은 알 정도가 되어버렸다. 그도 예외가 아니었다. 영화를 보지 않고도 주연 배우들이 누구누구인지, 그들이 맡은 역할이 어찌어찌 되는지, 알기 싫어도 알게 되었으니, 적어도 넘쳐나듯 패러디 되고 있는 저 장면, 장면들이 어떻게 이어지나 정도는 확인해 보는 것이 좋지 않을까 싶은 생각이 들었을 때쯤엔 이미 크리스마스를 지나 새해를 맞이한 뒤였다.

'설마, 이렇게 서른여섯 번째 새해맞이도 혼자인 건가?'

그러니 지금 이 자리에서 그가 얼마큼이나 궁상맞게 홀로 크리스마스를 보냈는지 굳이 말할 필요는 없겠다. 당연히 새해를 맞이하던 그 순간에, 그가 누구와 무얼 하고 있었는지도 말하지 않겠다. 내게 그런 짓궂은 취미는 없다. 다만, 내가 여러분에게 말해주고 싶은 순간은 크리스마스와 새해 첫날 사이의 어디쯤이다.

그날의 회사 분위기란, 여느 직장과 크게 다를 바가 없었다. 이미 연말 단합회도, 신년회도 할 건 다 같이 했으니, 오늘만큼은 정시 퇴근까지는 바라지도 않겠으니, 사장님, 부장님, 과장님 순서대로 나란히 퇴근만 해주셨으면 하는 눈치, 눈치들이 모여서 소심하게 상사들의 시선 언저리를 돌고 돌았다. 다만, 전혀 진전이 없어 보이는 그 지루한 술래잡기 속에서 우리의 주인공만은 초연했다. 옆자리 동료들이 괜히 책상정리를 하고, 이미 정리 다 끝낸 애꿎은 서류뭉치만 다시 만지고 있었던 그때, 우리의 주인공은 당당히 웹서핑에 몰두하고 있었다.

'퇴근? 해봤자 뭐 해?'

당장 일거리를 더 받아도 할 말이 없었다. 상사와 나란히 책상을 붙이고 앉아 야근을 한다고 해도 상관이 없었다. 그는 약속이 없었다. 사회생활을 하는 바쁜 직장인이 평일 저녁에 따로 약속을 잡기란 그리 쉽지가 않다. 하지만, 호르몬이 넘쳐나는 멀쩡한 총각이 새해를 앞둔 연말 저녁에 약속이 없다는 것 역시 쉽지 않은 경우의 수다. 보통 일반적으로 사람의 마음이란 것이 평소에는 생각을 않고 지내더라도 연말쯤 되면, 부모 생각, 친구들 생각, 서로 챙겨주고 정을 나눠 받던 인연들 하나, 둘씩 떠올라 전화라도 한 통하기 마련인데, 하물며 눈, 코, 입, 사지 멀쩡한 총각이 아무런 약속도, 기약도, 심지어 어떤 시도조차 않으려고 하니 슬슬 어딘가 좀 딱해 보이기 시작했다. 그래서 때마침, 나 역시도 좀이 쑤시고 지루하던 차라 호기심에 슬쩍 그의 머릿속을 들여다보게 되었는데, 아니나 다를까 당시 그의 머릿속은 그의 책상 모니터에 빼곡하게 붙어있던 메모지마냥 참으로 팍팍한 계산들이 오밀조밀 다닥다닥 붙어 연산되고 있었다.

'그래, 올해도 이렇게 가는 거지 뭐. 새해랍시고 집에 내려가면 뭐하겠어? 또 구정도 있는데, 그럼 왕복차비도 두 배, 부모님 드려야 할 용돈도 두 배, 그렇다고 친구들을 만나자니... A는 술만 펐다고 하면, 계집질을 하자는데, 계집질할 돈은 또 어디 있어? B도 연락하자니, 이 자식은 나보다 돈도 잘 버는 녀석이 매번 꼭 더치를 하자니 그것도 내가 손해 보는 거 같고, C도 연락하자니 녀석을 만나려면 이 시간에 왕복차비가 숙박비만큼 들 것이고... 그래, 인생 뭐 있나? 이런 날은 숨만 쉬며, 흘려보내는 게 돈 버는 거야. 외로운 거야, 늘 외로웠지. 새삼 옆차기 하지 말자, 숨만 쉬자.'

팍팍한 연산의 끝자락에서 갑자기 소금기 짠 내음이 확 올라왔다. 녀석, 박봉이었구나. 박봉인데 어쨌든 열심히 버티어 온 거로구나. 그러니 다음 순간 우리의 주인공이 스포츠신문 사이트에서 연예인 P양의 비키니 화보를 클릭하고, <'이것'먹은 중년**男**, 강남**女**도 떡실신...> 같은 찌라시 향이 가득 풍기는 배너광고를 클릭한 것 정도는 눈감아주도록 하자. 그런 것들 보단 그 다음 클릭이 중요하다.

'당신의 결혼 가능 점수는?'

그가 결혼정보업체 사이트의 배너광고를 클릭했다.

3. 무려 80점

처음에는 그가 단순히 실수한 것이리라 생각했다. 우선 광고 배너의 크기가 애매한 점도 있었고, 배너가 노출되고 있는 위치도 애매한 부분이 있었다. 결혼정보업체 광고배너 바로 밑에는 그가 평소 즐겨보고 있는 성인용 웹툰으로 바로 넘어갈 수 있는 링크가 깔려 있었던 것이다. 게다가 그의 평소 행동거지나 차림새가 동네 사십 대 중반 아저씨들보다도 더 아저씨 같은 구석이 있었으니, 누군들 상상이나 했겠는가? 이제 와서 결혼정보업체라니?

퇴근시간 앞두고 한 번쯤 재미삼아 테스트 정도는 해볼 수도 있는 법이지만, 다음 순간 그가 신중하게 본인 프로필카드를 작성해 나가는 모습을 보고 있자니, 너무 놀라 숨이 턱하고 막혔던 것이 사실이다. 키는 키높이 구두가 있으니 실제보다 5cm 크게, 몸무게는 맞선 보러가기 전에 쫄쫄 굶으면 되니 5kg 적게. 연봉은 나이 숫자만큼 일단 적어놓고, 어디서 들어둔 건 있어서 취미는 무난하게 활동적인 등산과 비활동적인 영화를 둘 다 적어 넣고, 동산과 차량 소유, 종교는 빈칸으로 남겨두는 센스를 보이더니 말미에 이르러 자소설도 제법 폼 나게 써내려가기 시작했다.

'잘 살아 보고 싶어서 무작정 일만 하다 보니 회사에서의 입지는 제법 다져졌습니다만, 짝을 만들지는 못했네요. 그래도 저는 첫눈에 반하는 운명 같은 사랑이 아직 제 인생에서 기다리고 있으리라 믿고 있습니다.'

자기소설서답게 '아직 짝을 만들지 못했다'는 단 하나의 사실에 기초하여 숱한 뻥들이 곁가지를 치며 무성하게 자라났다. 아니, 올해도 과장 진급자 후보 명단에조차 없었던 걸 생각해보면, 회사 내에서 만년 대리로의 입지는 확실히 제법 다져지고 있는 듯하다. 어쨌든, 그렇게 만들어진 자기소설서에 따르면, 우리의 주인공은 유별난 사연의 주인공은 아니지만, 그렇다고 자신의 행동이나 처지에 이유가 없는 남자도 아니었다. 연애를 못해 본 건 회사에 충성하느라 바빠서였고, 사회생활을 오래 했으면서도 통장에 돈이 말라있는 건 노모를 위해 아낌없이 주는 효자여서 그런 것이고, 몸이 무거운 건 주변에 힘들다는 친구 녀석들 사연 들어주다 한두 잔씩 속에 털어 넣은 술 덕분이라고 한다. 그러니 작성한 프로필만 봐서는 총각도 이런 총각이 없겠다.

짧은 문장이건만, 몇 차례나 꼼꼼하게 다시 읽어보고 다듬는 와중에도 사무실의 시간은 그대로 멈춰있었다. 인턴들은 평사원의 눈치를, 평사원은 대리를, 대리는 과장을, 과장은 부장을, 다들 서로의 뒤통수만 쳐다보고 있는 와중에 우리의 주인공만 바빴다. 이제 휴대폰번호만 입력하고 '보내기' 버튼만 누르면 되는데, 괜히 자리를 털고 일어나 화장실로 향했다. 소변기로 흘려보내는 게 소변이었는지, 그의 잡념이었는지는 화장실까지 따라 들어가지는 않아서 모르겠다. 자리에 돌아와서도 몇 차례 더 의미없이 서류를 뒤적였던 걸 보면, 어느 쪽이든 개운하지는 못했으리라. 다시 담배를 챙겨들고 휴게실로 나섰다. 그의 뒤통수를 부장이 노려보았고, 부장의 눈빛에 과장이 움찔하였고, 과장의 움찔거림에 대리도 담배 한 대가 간절해졌다. 그런 걸 아는지 모르는지 우리의 주인공은 휴게실 한편에 몸을 구겨 넣고서는 홀로 담배 한 대를 여유롭게 태웠다. 어떤 심정이었는지는 잘 몰라도 혼자서 담배연기로 물레방아도 굴려보고, 도넛도 만들어 허공에 날렸던 걸로 봐선 이미 결심은 끝낸 모양새였다. 아니나 다를까, 자리에 돌아오자마자 그는 휴대폰 번호를 입력하기 시작했다. 두 손바닥을 마주 비벼주고 나서 공일공, 코를 훌쩍여보고, 땡땡땡 땡에, 머리를 긁적여보고, 뿅뿅뿅뿅. 클릭과 함께 크게 기지개를 폈다. 그러자 자연스레 하품이 터져 나왔다. 하, 아, 아. 늘어지기 시작하는 하품에 턱이 뾰족하니 삐뚤어졌다. 그리고 어렵사리 턱이 다물어지려고 할 때, 딩동. 문자메시지가 왔고, 내용을 제대로 확인해 보기도 전에 전화벨이 울렸다.

'안녕하세요, 고객님! 00결혼정보업체입니다. 결혼가능점수가 무려 80점이나 나오셨네요!'

4. 총각과 노총각

아, 아, 네, 안녕하세요. 아직 사무실에 상사들이 있어서인지, 아니면 건너편 책상의 미스 김이 신경 쓰였던 탓인지, 여하튼 전화를 받는 우리 주인공의 목소리가 염소처럼 힘없이 떨렸다. 반면, 전화 저편의 목소리는 대단히 안정적이고 활기차다. 조건이 매우 괜찮으신데, 안타깝게도 아직 인연을 못 만나셨나 봐요. 제법 연륜이 묻어나는 여성의 음성, 세련되지는 않았지만, 뭔가 신뢰감이 든다. 그러나 우리의 주인공에겐 조금 다르게 들렸나보다. 아니, 어쩌면, 무려 80점이나 된다는 말을 거듭 반복해서 들려주어서 그런 것인지도 모르겠다. 그때마다 잠자코 듣고 있던 우리 주인공의 눈썹이 꿈틀거렸다. 뭔가 복잡 미묘하다.

그리고 그 복잡 미묘함은 명료해지지 못한 채 해를 넘겼다. 결혼 가능 점수가 무려 80점이나 되면서 여전히 짝이 없는 남자가 이해가 되지 않는다던 결혼정보업체의 영업사원은 그날 이후로 지치지 않고, 꾸준하게, 우리의 주인공에게 지속적으로 전화를 걸어왔다. 일을 하고 있을 때도 한 번쯤 전화가 왔고, 축 처진 어깨로 퇴근을 하던 길에도 전화가 왔고, 주말에 홀로 방에 처박혀 게임을 즐기고 있을 때도 전화가 왔다. 고객님, 이번 설에는 그래도 좋은 소식으로 부모님 뵈셔야죠. 네, 저도 그러고 싶습니다. 하지만, 그러고 싶다는 말과는 달리 가입을 하지 않았다. 조금 더 정확히 말하자면, 가입비용을 듣고 나서는 그때부터 모르쇠다. 무려 80점이나 되는 분이시지만, 한 달 급여만큼이나 되는 가입비용을 떡하니 결제할 수는 없는 몸이기도 했다.

'주판 때려보니 여자 한 번 만날 때마다 만나는 기회비용만 5~60만 원 가량이 그냥 깨지는 거네. 만나면, 찻값도 내가 내고, 식사를 해도 내가 낼 거고, 술을 마셔도 그것도 내가 내겠지? 그럼, 뭐야? 교통비까지 하면, 그게 다 얼마야? 그리고 그렇게 해서 만났는데, 마음에 안 들면, 그런 손해가 어디 있겠어? 이야, 참, 도둑놈들이 따로 없구나. 그 돈이면….'

그래, 그 돈이면, 동네 자장면이 몇 그릇일까? 곱빼기로 먹어도 제법 그릇 수가 나올 게 분명하다. 전화를 끊고 다시 게임기패드를 집어 들었지만, 게임이 조금도 즐겁지 않다. 우리의 주인공은 게임기 패드를 던져두고 바로 몸을 눕혔다. 전기장판의 열기가 저렴하게 흘러 등을 데우기 시작했다. 그러자 휴대용 버너 약한 불에 서서히 굽히는 오징어마냥 기지개인지, 나름의 스트레칭인지, 뭔지, 도대체 모를 꿈틀거림을 보이더니 팔을 뻗어 베개와 스마트폰을 찾아 더듬었다. 그리고는 손끝에 폰이 닿자마자 재빨리 폰을 두드렸다.

- 저는 올해로 서른여섯을 맞이하는 총각입니다. 며칠 전 우연찮게 결혼정보업체로부터 연락을 받았는데, 제가 결혼 가능 점수가 80점이나 된다고 하더군요. 솔직히 집도 없고, 차도 없는데, 점

수가 너무 높게 나와서 당황스러우면서도 제법 솔깃하더군요. 그래서 그럼, 나도 가입을 해볼까 싶기도 해서 가입비용을 들어봤는데…. 맙소사. 가격이 장난 아니더군요. 거의 이백만 원을 내야하는데, 만남을 다섯 번만 주선한다고 하네요. 솔직히 이건 좀 너무한 게 아닌가 싶어요. 만남이 꼭 좋은 방향으로 성사되리란 보장도 없으니, 모든 리스크는 저의 몫이잖아요? 혹시 결혼정보업체 통해서 결혼에 성공하신 분들 여기 계신가요? 정말, 참, 난감하네요. 지금 이 글을 쓰고 있는 저는 추운 겨울날 전기장판에 몸을 눕힌 채 종일 게임을 하다가 멋대로 널브러져 잠드는 행복을 만끽하고 있는 중입니다. 이건 한 달 내도록 해도 몇 만원도 채 들지 않는데, '여자사람' 한 번 만나기 위해 저런 거금을 내야한다고 생각을 하니 새삼 제 신세가 처량하네요. 여러분들은 어떻게 생각하십니까?

이럴 때 주변에 터놓고 말할 친구도 없는 것일까? 아님, 친구들에게도 말하기 부끄러운 것일까? 그런 자세한 속사정은 모르겠지만, 인터넷 커뮤니티 사이트 게시판에 글을 남기고 그때부터 댓글만 달리기를 기다리고 있는 이 총각의 모양새가 딱해보였던 건 사실이다. 그도 그럴 것이 탈탈탈 다리를 털며 초조해하는 모양새도 가관이었지만, 벅벅벅 감지도 않은 머리를 긁어대는 폼도

흉악했고, 몸을 반대로 굴려 방귀를 뿡 하고 내뿜는 모양새는 밥맛이 딱 떨어질 정도였으니 말이다. 그러면서도 안타까운 건 스마트폰에서 눈을 떼지 못하고 있어서였다. 톡, 톡, 톡. 초조한 시간을 달래기 위해 액정을 무의미하게 두드리는 동안 딩동, 딩동, 딩동. 댓글들이 달려 알림이 울리기 시작했다. 그제야 얼굴에 다시 표정이라 할 만한 것이 드리워지는데, 그마저도 안타까워 보였다.

- 그냥, 그 돈으로 나이트 가서 양주 한 병 시키고 부킹을 하세요.
--;
- 집에서 게임하는 것과 비교가 될 문제가 아니라고 봐요. 우선 님께서 '여자사람 친구'들이라도 좀 만나고 다녀야 그들이 소개팅이라도 주선해줄 텐데… 주말에 게임만 해서는 답이 없어요.
- 결혼정보업체들이 이래서 돈을 버는 거랍니다. 윗님 말씀처럼 평소에 잔돈 들여 투자했으면 되었을 일인데, 그런 작업을 안 해두셨으니 지금 목돈이 들어가는 거죠. 뭐, 저는 그런 면에서 저 비용이 결코 비싸 보이지는 않네요. 막말로 평생의 짝을 찾게 되는 건데, 그깟 돈 이백이 무슨 대수겠어요?
- 오, 이백만 원쯤은 간편 결제 가능한 용자 등장!
- 저는 결혼정보업체 통해서 결혼에 성공한 남자사람입니다. 저는 앞서 주변 지인들 통해서 소개팅도 받아보고 했지만, 정말,

짝은 다 따로 준비되어 있는 것 같더군요. 누구도 눈에 들어오지 않다가 업체 소개를 통해 지금의 아내를 만났습니다. 도전해 보세요!

- 요즘 미연시 게임들 그래픽이 장난 아니기는 하다지만, 어차피 2D. 경제적 여건이 되면, 질러보세요. '3D 여자사람'이 주는 기쁨은 확실히 2D와는 달라요. 하하, 파이팅!

- 저는 현재 업체에 가입을 한 상태의 남자사람입니다. 사실 회사일이 너무 바빠서 인간적으로 누굴 만난다거나 어디 취미활동, 동호회 활동 같은 걸 하면서 사람 만나기도 여의치가 않아서요. 지금 두 번 정도 기회를 사용해봤는데, 그리 나쁘지는 않은 거 같아요. 스케줄도 매니저가 알아서 최대한 조정해주니 편하긴 편해요.

별의별 말, 말, 말들이 순식간에 쏟아졌다. 종종 문맥도 없고, 일방적인 비난에만 그치는 악플들도 넘쳐났지만, 우리의 주인공은 어쩐 일로 조금은 '주인공'다운 의젓한 모습을 보이며 쉽게 지나쳐갔다. 그렇게 정성들여 꼬박꼬박 댓글을 하나씩 달아주다 말고 그의 손가락이 갑자기 멈춰서버렸다.

- 우리 모두 솔직해집시다. 올해 서른여섯인데, 차도 없고, 집도

없으면, 그게 총각입니까? 노총각이지? 80점? 그건 결혼정보업체가 님 주머니에서 돈 빼먹으려고 약치는 소리죠. 그렇게 치면 머리 벗겨졌지만, 있을 건 다 있는 우리 삼촌은 99점 나오시겠어요. 80점 같은 소리에 혹해서 가입했다가 막상 맞선자리 나가서 집도 없네, 차도 없네 하면, 요즘 아가씨들이 어디 사람만 보고 만나준답니까? 막말로 님 얼굴이 장동원빈이 아니니까 주변에 여자 사람들이 없는 걸 텐데, 혹시 직업이 공무원이나 선생님 같은 건가요? 그런 평생직이라도 되어야 현실적으로 뭔가 타이틀이 되죠. 여기 응원하는 글 남기시는 분들, 자기 인생 아니라고 너무 쉽게 이야기 하시는 거 아닙니까? 저 분은 지금 진지합니다.

아, 저런, 타이틀이 없구나.

한동안 멍하더니 이불을 머리끝까지 뒤집어쓰고 그대로 잠들어버렸다.

5. 알다가도 모를 일이라서?

호박에 줄긋기를 마친 주인공이 서둘러 현관을 나선다. 이미 늦었다. 곧바로 택시를 탄다고 해도 아슬아슬하다. 전력질주를 마지막으로 했던 적이 언제인지도 가물가물한 육중한 몸매 덕에 지켜보고 있는 이의 무릎이 다 후들거릴 정도다. 성급하신 몇몇 독자들께서 저런 정신으로 무슨 맞선을 보느냐, 본다 한들 장가는 다 갔다고 하실 수도 있겠지만, 내가 미처 이야기하지 못했던 부분들이 남아 있으니 마저 들어주시기를 바란다.

그러니까 문제의 댓글을 마주하고 정확히 열흘 뒤, 그는 결혼정보업체에 가입을 했다. 열흘 전에도 없던 본인명의의 집이 열흘 안에 만들어진 것도 아니고, 차를 계약한 것도 아니고, 자존감을 회복한 것도 아니었는데, 그는 가입을 했다. 사람 인생은 모르는 거니까요, 활짝 웃는 얼굴로 계약서를 내밀어보이던 매니저에게 그가 시큰둥하게 답한 인사말이었다. 참, 말마따나 알다가도 모를 일이긴 하다. 열흘 만에 마음을 정했으니. 물론, 어떻게든 깎고, 깎고, 깎아서 할인된 금액에, 무료 맞선 기회 두 번을 더 보장받는 걸로 하고 가입을 하게 되었다. 그러면서도 마지막 약관 동의서에 서명을 남기기 직전까지 흔들렸던지 매니저에게 노골적으로 질문을 던지기도 했었다. 그런데, 매니저님은 총각과 노총각의 차이가 뭐라고 생각하시나요? 저는... 노총각일까요? 다행히 매니저는 노련했다. 나이는 숫자에 불과합니다. 확고하게 고개를 저으며, 은근히 시선을 펜 끝으로 옮겨둘 뿐이었다. 헌데, 웬 걸? 따로 묻지도 않았는데, 동의서에 서명을 한 그가 떠벌떠벌 시답지도 않은 이야기를 잘도 풀어냈다.

　살다보니 나이가 찼을 뿐인데, 아끼고 아껴도 여전히 월세 신세, 전세도 벅찬 내 신세, 승용차 한 번 굴려보려니 구르는 바퀴 따라 유지비만 흘러내릴 것 같아서 지하철만 타는 신세, 그렇게 신세타령만 하면서 버티다보니 '노총각'이란 타이틀만 챙겼네요. 그래도, 그래도 또 혹시 모르잖아요, 사람 인생이라는 건. 제가 웃긴 이야기 하나 해드릴까요? 제 인생이 좀 코미디거든요. 제가 대학생 새내기 때 일인데요, 중, 고등학생 때야 교복만 주구장창 입었으니 몰랐는데, 대학생이 되니까 다들 사복을 입고 다니더라고요. 근데, 저희 집이 좀 가난했어요. 그래서 당장 입을 옷이 걱정이었지, 브랜드 메이커 같은 건 상상조차 못했죠. 다들 새내기라고 알록달록 차려 입을 때, 그래서 전 늘 우중충하게 입고 다녔어요. 근데, 그게 너무 억울하더라고요. 나도 멋 부리는 것까지는 아니더라도 괜히 무시당하면서 지내고 싶지도 않았거든요. 그래서 아르바이트를 하루에 두 탕 뛰었어요. 남들은 하나만 해도 생활비가 어찌되었는데, 전 방값도 필요했고, 밥 먹을 돈도 필요했거든요. 그래도 큰돈이 되질 않아서 쪼개고 쪼개서 한 달에 한 번은 청바지를 샀다가 다음 달에는 티를 한 벌 샀어요. 웃긴 게 그 다음 달이 되니 계절이 바뀌더군요. 그래서 방학을 기다렸어요. 방학 땐 하루에 세 탕, 네 탕도 가능했거든요. 죽었다 생각하고 아르바이트만 했어요. 그래서 돈을 얼마 모았는데, 개강할 때쯤 되니까 영장이 나오더라고요. 하하, 웃기지 않아요? 제가 그때 알았어요. 인생 참, 모를 일이란 걸요.

동의서에 서명을 받은 매니저는 정확히 그의 사설이 멈출 때까지, 아니, 좀 더 정확히는 그가 서명한 볼펜의 잉크가 마를 때까지만 기다려주었다. 아, 저도 미처 몰랐군요. 제가 고객님과의 시간이 이렇게 길어질 줄은 몰랐네요. 이미 다음 상담자가 밖에서 기다리고 있어서 오늘은 이만 마무리를 지어야겠군요.

이쯤에서 정중하게 상담실 문을 열어주는 매니저와 씁쓸하게 쏘아보며 문을 나서는 우리의 주인공을 떠올린 분들이 계신다면, 잠시만, 그 시기적절한 상상은 접어두도록 하자. 그보다는 조금 더 집중해 보자. 보라, 이 짠내가 물씬 풍기는 구두쇠가 목돈을 들여서 가입을 했으니, 견주기를 얼마나 견주었을 것이며, 기대하기를 또 얼마나 기대를 했을지.

6. 지나온 여자들

택시, 택시.

대로변으로 구르다시피 뛰어내려와 허공에 대고 팔을 허우적
대는 모양새가 필시 무인도에 표류한 사람이 지나가는 배를 보고
환장하는 꼴이다. 그래도 업체 가입 후, 맞선을 처음 봤던 그날
밤에는 택시를 불러 세우는 폼도 제법 우아했는데 말이다. 살짝
비도 뿌려줘서 나름 운치가 있었던 그날 밤. 우리의 주인공은 지
금과는 매우 달랐다. 그럴 만도 했던 게 출발이 순조로웠다. 사회
복지사로 일을 하고 있다던 여자는 성실하게 한 직장에서 오래도
록 일을 하고 있었고, 취미나 성격 등도 문제 될 부분이 없었다.
나이가 제법 있는 편이었지만, 흠이 없다면, 오히려 그게 더 의심
될 만했다. 프로필만 봐서는 딱 그가 찾던 타입이었다. 재고할 필
요도 없이 매니저에게 만남을 부탁했고, 상대도 그의 프로필을
보고 응해주었다. 집이 없고, 차가 없어도 응해줬단 사실에 그는
흥분을 감출 수 없었다. 날짜가 잡히고, 구체적인 시간을 맞추
고, 장소를 정하고, 그곳에 미리 나가서 기다리기까지 그의 심장
은 평소보다 정확히 반 박자나 빠르게 뛰고 있었다. 일사천리. 이
런 게 일사천리구나. 그래도 너무 급히 가면 탈이 날지도 모를 일
이니 상대가 오기 전에 먼저 커피를 주문하고 향을 음미하며, 마
음을 다스렸다. 커피향이 입안을 충분히 감싸 안을 때쯤, 커피숍

의 문이 열리고 상대 여성이 입장하였다.

뚜둑.

　그리고 긴장의 끈이 풀렸다. 걸어 들어오는 여자는 모든 것이 프로필 그대로였다. 다만 실제 나이도 제법이었지만, 얼굴은 나이보다도 더 들어있었다. 오시는 길이 많이 막히지는 않던가요, 그가 가볍게 웃어보였다. 나도 생긴 게 참 어지간하다만, 조금 더 활짝 웃어 보일 수는 없었다. 차는 녹차, 커피, 아메리카노로 하시겠어요, 그래도 먼저 말을 걸어 편안하게 만들어주는 게 매너라 생각했다. 아, 그래, 뭐, 이 나이가 되었으면, 다들 저마다 허물은 한두 가지씩 있는 거지, 입안이 마르는 기분이라 커피를 들이켰다. 그래도 집이 없고, 차가 없어도 시간을 내서 자리에 나와주신 분인데, 분명 조금 전까지는 향이 깊었던 커피였는데, 아무런 향도 못 느끼게 되었다. 하시는 일이 사회복지사라 하셨죠, 그리고 그 이후로 그는 끊임없이 말을 하였다. 한 마디, 한 마디 던질 때마다 상대의 표정이나 반응을 살피지는 않았다. 그보다는 날아간 기회비용에 대해서 주판을 때려보았고, 찻값을 따져보았고, 교통비를 셈하여 보았다. 휘발된 긴장감만큼 숫자들이 뇌리에 박혀 숨이 턱턱 막혔다. 그래도 예의를 잃어서는 안 된다는 생각에 그는 여자가 커피 잔을 다 비울 때까지 충분히 인내하며 기다렸다. 모셔다 드릴게요, 택시, 그렇다. 그날 밤 그 여자의 눈에는 택시를 불러 세우는 주인공의 모습이 제법 우아했나 보다. 혹시 맞선 여러 번 보셨나요? 이렇게 집까지 에스코트 해주신 분은 처음이라서, 그녀의 마지막 말에, 그는 연락처를 묻지 않은 채 돌아서야 했다.

빨리 좀 가주세요.

어렵사리 택시를 잡아탔다지만, 도로 위는 주차장이나 다를 바가 없었다. 꽉 막혀서 진전이 없는 모양새가 꼭 두 번째 맞선을 보기 직전 같다. 업체에 가입을 했으니 이제는 그가 여성들의 프로필을 받아들고 마음에 드는지, 들지 않는지를 매니저에게 통보할 수 있게 되었다. 문제는 상대 여성들도 자신의 프로필을 받아들고 견주어 본 다음, 거절을 할 수 있다는 점이었다. 첫 번째 맞선 이후, 번번이 거절을 당했다.

빨리 좀 잡아주세요.

결국 그가 백기를 들었다. 자신의 입맛에 맞춰 고르고 고른들,

늘 상대 여성들이 거절해버리니 답이 없었다. 시간만 흐르고, 나이만 먹어간다는 생각이 들자 더 조급해졌다. 매니저에게 누구라도 좋으니 자신에게 묻지 말고, 자신의 프로필을 받아보고 승낙하는 사람이라면 무조건 만나보겠다고 알렸다. 시작도 전에 백기를 올렸음에도 불구하고, 두 번째 만남은 출발도 좋지 못했고 마무리도 좋지 못했다. 그의 프로필을 보고, 만날 의사까지 보였지만, 약속한 날에 여자는 일방적으로 나오질 않았다. 그는 남은 하루를 어떻게 보내야 좋을지를 몰라 약속 장소에서 오지도 않을 사람을 한 시간이나 기다렸다.

빨리 좀 알아봐주세요.

대체 왜 일방적으로 안 나온 것인지, 이유나 알자고 매니저를 들볶았다. 그 후, 우여곡절 끝에 매니저의 중재로 둘은 다시 만나게 되었지만, 이미 호감이라 할 만한 것들은 휘발된 두 사람이 대화다운 대화를 하긴 힘들었다. 결정적으로 전문대 신문방송학과를 졸업하고서 전혀 관계없는 네일아트를 하고 있던 그녀의 이력에 대해 물어본 것이 화근이었다. 사실 대학교 갈 마음도 없었어요. 집에서 가라고 해서 4년제 다니며 4년 동안 놀 자신은 없어서 전문대 가서 2년만 놀다 졸업한 거예요. 덜컹. 달리던 택시가 속도를 줄이지 않아 턱을 타고 살짝 들어 올려졌다. 쿵, 덕, 쿵. 그의 엉덩이도 시트에서 들어 올려졌고, 어렵사리 힘을 준 머리가 천장과 입을 맞춘 후, 이번에는 엉덩이도 다시 시트와 입을 맞춘다. 아, 짜증나! 살살 좀 가요! 손님이 빨리 가자면서요? 어떻게 해요? 속도 줄여요? 세상, 참, 선택할 일도 많다.

이걸 어쩐다?

세 번째 만남은 그가 전혀 예상치 못했던 방향으로 흘러갔던 일이다. 맞선을 보러 나오기엔 여자의 나이가 너무 어렸고, 집안도 그녀의 아버지가 대기업에 여전히 다니고 있는 상태라 그가 부담을 느낄 정도였다. 잘났는데? 게다가 여자의 직업이 기간제 보건교사에 취미로 스쿼시를 즐긴다고 하니 아무리 봐도 맞선을 볼 입장이 아니었다. 뭐가 부족해서? 앞서 두 번의 경험 덕분에 슬슬 의심이 들기도 했다. 덕분에 그는 무려 일주일을 넘게 고민을 했다. 나갈까, 말까, 반면, 여자 측에서는 일말의 망설임도 없이 그의 프로필을 보자마자 바로 승낙을 했다. 당연히 우리 주인공의 소심한 새가슴이 활짝 열렸다. 그는 기쁜 마음에 지방에 살고 있는 그녀를 만나기 위해 두 시간이 넘는 거리를 단숨에 달려갔다. 그나저나 첫인사는 어떻게 건넬까? 주차장에 차를 세우고,

괜히 문턱에서 뒤돌아 주변을 둘러봤다. 안녕하세요, 반갑습니다, 그 짧은 순간 동안 혼자서 속으로 인사말을 몇 번이고 곱씹었다. 다시 호흡을 가다듬고 자리로 들어서니 이미 상대 여성은 자리를 잡고 있었다. 이럴 수가, 정말, 잘났는데? 여자는 보기 드문 미인이었다. 키도 그보다 컸고, 정말 스쿼시를 열심히 했던지 몸매도 탄력이 있어 눈을 마주하려니 괜히 부끄러워지는 기분이 들 정도였다. 아, 안녕하세요, 바, 반갑습니다, 그렇게 버벅거리며 트인 말문이 제법 몇 차례 주거니 받거니 대화로 이어지는 모양새를 보였다. 얼씨구나, 느낌이 좋다싶어서 슬슬 자리를 옮겨볼까 조심스레 눈치를 보려니 아니나 다를까 여자가 먼저 꼬리를 잘랐다. 사실 집에서 억지로 가입시킨 거예요. 프로필요? 전 그런 건 보지도 못했어요. 미안해서 어쩌죠? 그래도 먼 길을 오셨는데, 괜찮다면, 저녁 식사 정도는 제가 대접해 드릴까 해요. 그는 당황하지 않을 수 없었다. 결혼 따위 안중에도 없는데, 업체에 가입을 할 수 있는 것인가? 그보다 관심도 없는 사람과 저녁을 먹을 수가 있나? 이건 꼬리를 자른 것인가, 자른 것처럼만 보이려 하는 것인가, 도무지 속을 알 수가 없었다.

이걸 어쩐다?

차가 막혀도 너무 막힌다. 택시에서 내리려니 거리가 제법이고, 버티자니 지각을 피할 길이 없다. 뭐, 그래도 그날은 지금처럼 땀이 바짝바짝 마를 정도는 아니었다. 오히려 내심 망설인 걸 내색조차 않으며, 말했었다. 네, 그럼, 맛있는 걸 먹으러 가볼까요, 다시 보기 힘들 산해진미까지는 아니더라도 그날 갔었던 식당의 분위기며, 음식의 맛이며, 뭐하나 빠지는 것이 없었다. 다만, 숟가락을 놓았더니 반사적으로 여자가 일어나 자리를 떠났다. 문자 그대로 딱 저녁밥 한 끼 사주고서는 꼬리를 자르고 사라졌던 것이다. 에라, 모르겠다. 일단 뛰자. 그가 택시에서 내려 뛰기 시작했다. 평소 전혀 몸을 놀리지 않다가 뜀박질을 시작하니 허벅지며, 종아리며, 비명을 지르지 않는 곳이 없다. 심지어 폐도 놀랐는지 속도를 붙이기도 전에 숨을 내쉬기조차 힘들어 보인다. 십 미터나 뛰었나? 택시 천장에 눌린 머리며, 땀에 절기 시작한 셔츠며, 누가 봐도 맞선 보러가는 낯짝이라곤 상상조차 못하리라.

그만 일어날게요.

다음, 네 번째 만남은 그중 최악이었다. 그의 무엇이 마음에 들지 않아서인지는 도통 알 수가 없었다. 확실한 건 초면에 만나자마자 여자가 인상을 찌푸렸다는 거다. 그날은 오늘처럼 늦잠을 자지도 않았고, 서둘러 택시를 타지도 않았고, 도중에 내려 뜀박질을 하지도 않았는데도 말이다. 그래도 만나기로 해서 만난 것이니 차는 한 잔 하고 헤어지자고 커피를 주문한 것이 화근이 되었다. 아이스 아메리카노를 주문했었던 여자는 그의 이야기를 듣지도 않고 커피를 벌컥벌컥 들이켰다. 그 모습에 그가 당황하여 말을 잇지 못하자 이번에는 얼음을 빨대로 콕콕 찍었다. 얼음에 빨대가 콕콕 찍힐 때마다 그의 심장도 콕콕 찍혔다. 네, 그만 일어나죠. 여자는 앞문으로, 그는 뒷문으로. 좁은 골목을 돌아 빠져나오면서 그는 대체 자신의 무엇이 문제일지를 생각해 보았다. 곰곰이 생각해봐도 그가 곰같이 느껴질 뿐이었다. 정말, 참, 인생이란, 알다가도 모를 일의 연속이다. 이미 뒤돌아서서 한참을 지나왔는데도 여전히 빨대가 콕콕 그의 심장을, 머릿속을, 찍어대는 것 같았다. 아니, 숨이 가쁘게 뜀박질을 하고 있는 지금도 여전하다. 그런 일들을 몇 개월에 걸쳐 겪었으니 지금 그의 정신이 온전한 상태라면, 그게 더 이상한 게 아닐까? 그러니 그가 요즘 불면증으로 고생하고 있었다는 건, 그래서 어제도 뜨는 해를 보기 전까지 잠들지 못했었다는 건 더 이상 비밀이 아니다.

7. 그래도 아직은 문밖이니까?

매니저에게 전화로 온갖 욕이란 욕은 다 퍼부었다. 이제 때려 치우겠으니 남은 횟수만큼 환불을 해달라고 깽판을 치기도 했다. 하지만, 세상일이란 것이 그렇게 쉬웠던가? 되려 약관절차가 어쩌니저쩌니 매니저로부터 일장연설만을 들어야 했다. 결국 화를 내는 것에도 지칠만할 때쯤 매니저가 선심을 쓰듯 마지막 만 남은 횟수에 포함시키지 않겠다는 말에 타협을 보긴 했다. 그렇다고 그의 마음이 완전 누그러지거나 한 것도 아니었다. 정신을 차리고 통장을 정리할 때쯤 다시 속이 부글부글 끓어올랐다. 그간 만남을 성사시키기 위해 길바닥에 흘린 돈들이 카드고지서로 주검이 되어 되돌아 올 때마다 그는 실성한 사람처럼 종일 방구석에 처박혀 말없이 벽만 쳐다보고 있었다. 벽만 쳐다보며 지낸지이 개월 정도 지나갈 무렵, 매니저로부터 전화가 걸려왔다. 고객님, 이번 추석에도 고향에 계신 부모님께 좋은 소식은 못 들려드리게 되었네요. 그렇다. 설 다음에는 추석이고, 추석 다음에는 또설이다. 그래서 심장이 당장이라도 터질 것 같은데, 이 남자가 뛰고 있다. 삼십 미터쯤 뛰었나? 모르긴 몰라도 뛴 만큼은 더 뛰어야 한다. 그러면, 시간은 아슬아슬하게 지킬 수 있다. 다만 구두를 신은 발바닥이 타는 듯 하고, 왁스에 떡이 진 머리는 땀으로 세척을 했고, 셔츠며, 재킷이며, 바지며, 무엇 하나 구겨지지 않은 곳이 없고, 땀에 젖지 않은 곳이 없을 뿐이다.

아차차, 위태위태하더니 제일 먼저 다리가 고장 난다. 그의 다리에 쥐가 오른다. 곧이어 머리도 어지러워 보인다. 머리를 감싸고 주저앉더니 헛구역질을 해댄다. 이런 꼴을 겪고 있는 걸 보니 약속 장소에 나타날 여자가 어떤 여자일지 자꾸만 더 궁금해진다. 헌데, 그도 그럴까? 당장의 표정으로 봐선 조금도 그렇게 보이지가 않는다. 아니, 지금의 표정으로는 고통 외에는 읽을 수 있는 것이 전혀 없다는 말이 맞겠다.

절뚝절뚝. 조심스레 다리를 움직여 본다. 통, 통, 통. 주먹으로 허벅지와 종아리를 두드리며 다시 허리를 곧게 편다. 먼발치, 오르막길 너머에 있을 약속장소를 겨냥하고 반대편 발을 내딛어 본다. 찌르르르, 반대편 다리로 또 한 차례 전기가 흐르나 보다. 그의 눈가에 눈물이 찔끔하고 삐져나온다.

나 같은 쪼다가 또 있기나 하겠어?

작은 목소리로. 옹알이를 하듯, 삼키듯, 혼잣말을 하더니 또 한 발을 내딛어 본다. 이런, 십 분 정도 지각은 이제 어찌 피하지 못할 일이 되었다. 절뚝절뚝. 그래도 오르막길을 오른다. 아직 약속 장소에 도착한 것은 아니니까, 그래도 아직은 문밖이니까. 절뚝절뚝, 엉금엉금, 다리로 걷는 게 아니라, 다급한 표정, 악을 쓰는 표정으로 내딛는다. 그러는 와중에 오르막을 올라 호흡이 고르게 돌아온다. 약속된 커피숍의 문 앞에 이르자 다리의 쥐도 풀린다. 일순간 밀려오는 피로감에 정신이 아득해지는지 그가 잠시 주춤한다. 다시 길게 호흡을 가다듬고 커피숍 문을 열기 위해 손을 들어 올렸을 때, 핸드폰 벨이 울린다. 여자 측의 안심번호다.

'아, 안녕하세요. 오늘 만나기로 했던 여자입니다. 죄송합니다. 차가 좀 많이 막히네요. 이미 십 분이나 지났는데... 아직 이십 분은 더 걸릴 거 같아요. 그래서 말인데...'

솔직히 난 내가 결혼을 못할 줄 알았다.
그래서 썼던 글이다.

동방신기의 서東邦晨記之序

1.

스승님이 처음으로 모험을 떠나셨던 그날의 하늘은 무슨 빛깔이었을까? 내 주변의 사람들은 한 번쯤 직접 전해 들었을 그 이야기를 난 단 한 번도 스승님의 입을 통해 직접 전해들은 적이 없었다. 심지어 스승님의 모험담은 수 세대에 걸쳐 전해지며, 바다를 건너 다른 나라, 다른 말로 전해지고 활자로도 남겨졌는데, 난 스승님의 지척에서 수발을 들고 배움을 구하며 지냈으면서도 그 이야길 직접 스승님을 통해서 들은 적이 단 한 번도 없었던 것이다. 그러니 매번 홀로 상상해볼 뿐이고, 누군가가 기록해둔 스승님의 행적에 대해서는 남몰래 의심을 해볼 뿐이었다. 툇마루 안쪽으로 햇살이 깊숙이 들어섰다. 포근하다 못해 공기가 뜨거운 날씨다. 처마 끝의 풍경이 바람에 따라 울리자 나의 상상력도 따라서 너울거린다. 아니, 스승님에게 첫 번째 모험이라 할 만한 경험은 어떤 것이었을까? 출생이 남다르셨으니 처음으로 눈을 뜨고 세상을 보셨을 그 순간부터라 할 수 있지 않을까? 기록에 따르면, 햇살이 따가운 정도였다고 하니 필시 때는 초여름이었으리라. 하늘의 빛깔은 짙은 푸른색이면서도 흩어진 구름조각 덕에 한없이 높아 보이지 않았을까? 몸이 노곤해진다. 스승님께선 내게 다른 일은 말고 청소나 부지런히 하라하셨다. 법구경, 법화경도 필요 없고, 이야기책이나 한보따리 풀어놓고 질릴 때까지 읽고 있으라하셨다. 기다리지 말고 때가 되면 알아서 챙겨 먹고, 불씨를 꺼트리지 않고 있으면 분명, 금방 돌아오신다고 하셨다. 그렇게 홀로 사원을 떠나신지 벌써 수 세기다.

솔직히 이제는 스승님의 얼굴도 가물가물해졌다. 나의 키는 스승님을 처음 뵈었을 때보다 무려 두 배 가까이나 커졌다. 그 덕에 옷을 몇 차례나 덧대고 품을 새로 넓혀 맞춰야 했다. 그러다 몇 차례 사원 주변을 관리하던 이도 바뀌게 되고, 시주施主 받던 음식마저 끊기게 되었어도 스승님은 돌아오지 않으셨다. 이따금씩 들리는 풍문으로는 동방의 어느 작은 반도에 머무르시며 인간들 사이에 섞여 인간 노름을 하고 계신다고 하였다. 그 노름이 대체 얼마나 재미있으셔서 신선들 명부가 몇 차례 뒤바뀔 때까지 돌아오지 않으시는 걸까? 나는 짐작조차 할 수 없는 것이 너무 억울해서 이따금씩 발아래 세상으로 고개를 내밀어 인간들을 훔쳐본 적도 있었지만, 여전히 조금도 알 수가 없는 노릇이다. 그나마 이런 나를 달래어 주는 것은 스승님이 가져다주신 인간 세상의 책들이었다. 정말 인간들이 책에 적힌 것처럼 사는지 어떤지는 알수 없지만, 그래도 인간들이 썼다는 사실 하나가 위안이 되어서 스승님 말씀처럼 읽고 또 읽었다.

헌데, 책들도 나의 스승님만큼이나 오래된 터라 군데군데 귀퉁이가 헤지고 좀이 슬어 활자를 알아볼 수 없는 것들도 많았고, 활자의 형태가 바뀌어 문장 전체가 모호해진 것들도 많았다. 예를 들자면, 어떤 나라의 말은 원래 조사가 중의적으로 많이 쓰이는데 동사조차 제대로 보이지 않아서 문장이 통째로 모호해져 문단 전체까지 난해해진 경우다. '톰이 엘리자에게 사랑을 주었다'로 읽어야 맞는 문장인지 '톰은 엘리자에게 사랑이 되었다'로 읽어야 맞는 문장인지 전혀 알 수가 없게 된 경우. 그럴 때마다 깎아지른 듯한 모호함의 절벽을 마주하는 기분이었다. 한 문장을 넘어 한 문단을 읽고, 때로는 몇 쪽을, 때로는 한 장章을, 때로는 이야기의 끝까지 다 읽어내려도 어슴푸레 짐작하는 정도로만 그치게 될 뿐, 결국 나는 스승님의 그림자를 좇으려다 인간도 아닌 인간들이 만들어둔 이야기 속에 갇혀 몇 날 며칠을 존재하지도 않은 망령들만 좇아다니다 되돌아오는 것이다. 오늘처럼.

2.

스승님의 부재 덕에 톰이 엘리자를 사랑했든, 엘리자가 톰을 사랑했든, 인간들이 사랑과 인연을 중시하고 선善을 이루고자 하는 의지만큼이나 부와 명예에 대한 갈망과 욕망이 어마무시하다는 정도는 알게 되었다. 문제는 여전히 스승님이 돌아오지 않고 계신다는 것이다. 오늘만 하더라도 사원 안을 쓸고 닦고, 참을 먹고, 책을 읽고, 차를 마시고, 다시 또 따온 과일들을 손질하고 있는 중인데, 스승님은 어떤 기별도 없으시다. 이미 오늘도 갈무리할 시간이 다가오고 있다. 마지막으로 스승님의 소식을 접했던 것은 지금으로부터 십구 년하고 오 개월에 열흘이 좀 못되었을 때다. 사실 처음부터 스승님의 제자가 되고 싶단 생각 같은 건 전혀 없었다.

스승님은 본인의 힘으로 다 이루셨다고는 하시지만, 이미 누가 보더라도 단연 돋보이는 이력을 지닌 분이셨다. 신선으로부터 배움을 구한 것을 시작으로 도술을 익히시고 천계天界와 명계冥界를 제 집처럼 드나드셨고, 상제上帝님과 그분의 투신鬪神들과도 드잡이를 할 정도였으니 그야말로 유아독존의 경지를 진즉에 이룬 분이셨던 것이다. 오히려 스승님에게 무엇인가를 본격적으로 배워보고 싶단 생각이 들었던 건 그분이 일방적으로 내게 기다리고 있으라고 명하신 뒤부터였다.

와그작.

스승님이 그 귀한 반도蟠桃를 아무렇지도 않다는 듯이 한 입 베어 물자 사방에 복숭아꽃향기가 진동을 했었다. 내 입에서도 자연스레 군침이 쉴 새 없이 흘러내렸고, 곁에 서서 상제님의 말씀을 전하던 사자도 고개를 뒤로 돌렸지만, 군침을 넘기는 소리까지 감추지는 못했었다.

"내 어릴 적엔, 대체 이게 무슨 대단한 맛이라고 그리도 생각 없이 게걸스레 먹어치웠을까?"

그날, 그 자리에서 유일하게 흔들림이 없었던 건 정작 반도를 베어 물었던 스승님뿐이었다. 아니, 오히려 그 귀한 천도복숭아를 대충 스윽스윽 닦아서는 내게 들이밀었다. 나는 놀라 고개를 가로 흔들며 손을 내저었고, 지켜보던 사자도 놀라 다급한 김에 스승님의 옷자락을 붙잡고 늘어졌다.

"귀한 재산이라고 한다지만, 이것도 다 먹는 것이다. 악한 것들, 모자란 것들에게 넘기는 것도 아니고, 내가 내 제자에게 사탕한 쪽 주는 심정으로 챙겨주겠다는데 왜들 이리 법석이냐? 무명_{無名}아, 알아들었으면 꼭꼭 씹어 먹어라."

"그렇다고는 하시지만, 서왕모_{西王母}님의 반도입니다. 제가 오늘 이 자리에 온 것은 그저 상제님의 뜻을 전하고자 해서 온 것이지 지금과 같은 이런..."

"근데, 굳이 뭘 더 이야기하겠다는 것이냐? 지금 네가 왔다는 건 상제께서는 이제 하늘을 비우시겠다는 것일 텐데, 지금에 와서 이딴 복숭아 한 쪽이 뭐가 그리 중요하단 게냐?"

스승님은 날이 잔뜩 선 목소리로 사자를 윽박지르면서도 눈매는 자상하게 하시고 나를 지켜보고 계셨다. 내가 반도의 마지막 씨까지 다 발라 먹을 때까지 스승님은 사자에게는 눈길 한 번

주지 않으셨다.

"솔직히 말하여라. 이미 상제께서는 북국의 오로라 계단을 밟고 무극無極으로 넘어가시지 않았더냐?"

"...네, 맞사옵니다."

"그럼, 더 열이 받는구나. 상제께서 떠나시면서 너를 내게 보내신 건 뒤를 부탁함이신데, 뭐? 네가 감히 내게 이깟 복숭아 하나를 따 먹지 말라고?"

"아, 아니옵니다. 고정하시옵소서! 상제님이 뜻을 정확히 전하라 하시어 제가 온 것이옵니다. 상제님은... 이제 누구도 천계에 굳이 묶여 있을 필요가 없다하셨습니다. 그래서 함께 무극으로 넘어가길 원하신다 하셨습니다."

"지금 그 말이 사실이렷다? 그럼, 넌 관세음보살님께도 들리고 오는 길인 게냐?"

"네, 그 분도 이미 상제님과 함께…"

"뭣이라!"

그리고 순식간이었다. 사자의 말이 채 끝나기도 전에 스승님은 괴성을 내지르셨고, 그 일갈에 천궁이 요동치고 일대의 구름이 죄다 말라버렸다. 그러자 천계의 모든 신선들이 그때부터 너나

할 것 없이 앞을 다투어 스승님의 앞으로 달려 나와 머리를 조아리며 용서를 구하기 시작했다.

"불신佛神의 경지에 이르러 대자대비하신 분께서 이토록 진노하시니, 저희가 몸 둘 바를 모르겠사옵니다! 부디 용서하여 주시옵소서!"

"용서? 너희는 진정 너희의 잘못이 무엇인지를 알고 용서를 구하는 게냐?"

스승님이 손을 내뻗지도 않고 노려만 보았는데, 두어 명의 신선이 갑자기 뒤로 나자빠졌고, 다시 또 두어 명의 신선이 내동댕이쳐졌다.

"땡중보다도 못한 것들! 따지고 보면, 네 놈들이 이 무릉도원에서 도만 닦고, 인간들은 뒤로 내팽개쳐두었더니 일이 이 지경이 된 거 아니더냐? 응? 알고 보면, 네 놈들 때문에 상제도 삐쳐서 무극으로 도망간 거 아니냔 말이다! 비켜라, 지금이라도 당장 나부터 손을 써야 상제 놈이 돌아오지. 아니다, 잠깐. 오호라, 이제 보니 천계에서 무위도식하며 얼쩡거리고 놀던 것들 중에서 신선 나부랭이들만 여기에 와있구나. 정단사자淨檀使者, 금신나한金身

羅漢, 팔부천룡八部天龍, 이것들은 지금 내 목소리가 들리지 않더냐? 탁탑천왕托塔天王 놈과 그 아랫것들도 이미 죄다 도망간 것이더냐?"

스승님의 호통은 점점 더 크게 울리기 시작해서 천계 구석구석까지 그 소리가 미치지 않는 곳이 없었고, 천궁이 흔들리다 못해 축이 틀어졌으며, 천계로 올라오던 혼백들은 놀라서 명계로 달음박질을 쳤다.

"나는 지금 당장 무극이 아니라, 인간 세상으로 내려가겠다! 상제에게 똑똑히 전하여라. 내가 직접 인간들을 다시금 교화敎化 시키겠노라고!"

돌이켜보면, 그날이 처음이자 마지막이었다. 소문으로만 들어왔던 스승님의 도력. 그것을 직접 눈으로 봤을 때의 충격이란 이루 말할 수 없는 것이었다. 평소에도 붉은 빛이었던 스승님의 눈빛은 붉다 못해 타오르는 듯 했고, 갑작스레 커진 덩치는 산 하나를 손바닥 안에 쥐고 놀만큼 커져버려서 오히려 현실감을 느끼지 못할 정도였다. 몰아쉬는 숨소리 하나 만으로 별을 얼려버리는 압도적인 힘. 그 무지막지함 앞에서 나의 상상력은 매끈하게 절단되었다. 나 역시도 열심히 수련하여 저런 도력을 쌓고 싶다거나, 도

술을 익혀 스승의 흉내라도 내보고 싶다는 생각 따윈 꿈조차 꿀 수 없게 되었다. 그때부터였다. 내 주변에서 마주치게 되는 사람들마다 스승님에 대한 이야기를 꺼내기 시작했다. 그 이야기들은 대부분 그때까지의 나는 알지도 못했던 스승님의 지난 이력에 대한 것들이었다. 어떻게 불신의 신분이 되셨는지, 어떻게 여러 투신들과 막역한 관계를 유지하시는 것인지, 듣게 되고 읽게 될수록 내가 직접 모시며 대했던 스승님의 모습과는 너무나 달랐다.

결국, 날이 갈수록 답답해지는 마음에 평소 스승님과 가장 가깝게 지내셨던 천계의 수문장, 금신나한金身羅漢님을 찾아가 뵈었고, 나는 더 혼란스러워지고 말았다.

"사형? 인간들을 마주하였을 땐, 살아있는 부처. 나와 있을 땐, 세상에 둘도 없는 개구쟁이. 적? 사형에게 적수가 있을 수 있다고 보느냐? 사형은 늘 피칠갑을 한 상태로 돌아다녔지만, 단 한 번도 자신의 피로 옷을 더럽힌 적이 없었단다."

3.

사실 그때까지 나는 스승님과 금신나한님의 관계에 대해 오해를 하고 있었다. 두 분의 사이가 각별한 이유가 단순히 스승님의 취미생활 때문이라고만 생각했던 것이다.

스승님은 특이하게도 다른 불자나 불신들과는 달리 평소 참선과 명상 같은 걸 전혀 않으셨다. 그저 인간 세상을 내려다보거나, 나를 끌고 산책을 하시거나, 그것도 아니면 천계 입구로 내려가 죽어서 천계로 올라오는 혼백魂魄들을 관찰하시는 것이 일상의 전부이셨다. 자연히 천계의 수문장인 금신나한님과 마주칠 일이 많으시니 절로 정이 들어 친해지신 것이리라 혼자 막연히 생각하고 있었던 것이다.

"사형이 네게 정말 아무것도 말하지 않으셨구나. 사형과 나, 정단사자淨權使者 사형과 팔부천룡八部天龍, 우리 모두 같은 스승님을 모셨고, 함께 여행을 다녀온 사이란다. 인연의 두께로만 따지자면, 천계에 남은 무리들 중 우리만큼 오래고 질긴 인연들도 이젠 몇 없을게야."

"저는 상상도 못했습니다. 다들 스승님에 대한 이야기는 하셔도 스승님과 함께 다니신 분들에 대한 이야긴 거의 하지를 않아서요."

"하하, 그야 네 스승이 보통 별난 인물이더냐? 그런 걸 보면, 이 천계의 구름을 딛고 다니는 것들이라고 그리 고상할 것도 없구나. 인물의 업적을 오래도록 기리기보단 자기네들이 두려움에 떨었던 기억들만 우선적으로 세습을 시키고 있으니… 쯧쯧. 이러니 네 스승이 저 혼백들을 귀히 여기시는 것이다."

혀를 차는 소리만큼이나 눈빛도 공허하셨다. 평소 같았으면, 눈치껏 머리만 조아리고 있었겠지만, 스승님과 관련된 이야기를 놓칠 수는 없었다.

"혼백을요?"
"그래, 저 혼백들. 이제 천계로 올라와 망각의 강에서 머리를 씻고 강물을 마시게 되면, 전생의 모든 기억들을 잊어버리게 되지. 너도 오래도록 보지 않았더냐? 굳이 사형이 저 강물에서 기억을 씻는 혼백들을 위해 불경을 외우시고 자비를 내리시던 모습을…. 그것도 원래 수련을 쌓고 있는 불자들이 다 알아서 할 일이건만, 사형은 '희망'을 위해서라며 한사코 직접 하시곤 하셨지."

알고 싶어 물어본 것인데, 또 한 차례, 더 알 수가 없게 되었다.

"희망은 또 무슨 말입니까? 대체 저의 스승님은 왜 그토록 인간들과 인간의 혼백들에게 연연하셨던 건가요?"

그러자 금신나한님이 항요장降妖杖을 지팡이 삼아 눕혔었던 몸을 일으켰다. 툭툭. 몸을 덮고 있던 구름조각들이 힘없이 털려나갔다.

그리고 이어진 어색한 침묵.

나는 조바심에 금신나한 님의 입만 쳐다보고 있었지만, 조금 전까지 혀까지 차가면서 말씀하시던 저 입이 이제는 도무지 다시 열릴 생각을 않았다. 굳게 다물어진 입만 쳐다보고 있자니 눈앞이 까마득해지다 못해 몸뚱이까지 아스라이 나락으로 떨어지는 것 같아 어지럼증이 울렁거렸다. 그렇게 더는 버티지 못하겠단 생각에 눈길을 돌릴 때쯤에서야 말을 이어가셨다.

"의외로구나. 사형이 너를 따로 점찍어 두는 모습을 보고, 네 기억의 일부는 지우지 않았을 거라 생각했는데, 전혀 그런 게 아니었나 보구나. 혼백일 때의 기억이 전혀 없는 걸 보니, 내 생각이 틀렸구나. 나도 이제는 사형의 뜻을 반조차도 헤아리지 못하겠구나."

"그건 또 무슨 말씀이십니까? 스승님은 처음부터 저를 따로 점찍어 두셨던 것입니까? 제가 혼백으로 천계에 올라와 망각의 강물에 머리를 담그기 이전부터 쭉 지켜보고 계셨다는 말씀입니까?"

소름이 돋고 전율이 일어 몸이 파르르 떨렸다. 말로 형언할 수 없는 두려움이 일었다. 나는 스승님에 대해 아무것도 모르는데, 스승님은 처음부터 그 많은 혼백들 중 나를 고르셨던 것이다. 가부좌 한 번 제대로 틀고 앉은 적 없었던 내 머릿속에서 석가여래님의 각종 수인手印과 야차들의 무시무시한 얼굴이 뒤죽박죽으로 섞이며, 예리한 칼날의 참요도斬妖刀가 요란스럽게 번뜩였다.

"사형이 왜 너를 고르셨는지는 나도 모른다. 그런 것보단 내가 알고 있는 사실들 중에서 네가 아주 관심이 있을 법한 사실을 하나 알려주마. 너도 알다시피 사형과 나는 오래 전에 여행길에 올랐다. 당시엔 지금보다 훨씬 요괴가 많던 시절이었지. 길을 걷다가 발에 차이는 게 죄다 요괴였던 시절이었어. 그래서 많은 이들이 그 당시의 사형이 온갖 요괴들을 다 박살을 내고 무사히 여행을 마친 것으로 알고 있지만, 진실은 조금 다르단다. 당시 사형과 내가 손봐준 놈들 중에 요괴는 몇 없었어. 요괴들은 사형에 대해 이미 잘 알고 있어서 함부로 덤비지도 못하고, 멀리서 사형의 옷깃만 보여도 숨기에 바빴단다. 그럼, 사형의 무용담들은 다 어디서 나온 것일까? 바로 인간들이었지. 사형에게 매질을 당한 것들은 태반이 인간들이었어. 관청에서 누워 지내던 부패한 관리들, 산에 떼를 지어 살던 산적들, 물에 떼를 지어 살던 해적들. 하나같이 악귀보다도 욕망이 넘치던 놈들. 같은 인간을 짓누르는 걸로 모자라 인간이 인간을 쥐어짜서 자신의 배를 채우더구나. 사형은 여행길에 오른 이후로, 단 한 번도 그런 놈들을 그냥 지나친 적이 없었단다. 그런 인간들을 매질하고 길을 떠날 때마다 사형의 이야기가 하나, 둘씩, 만들어지더구나. 쥐어 짜이던 그 인간들에 의해서 말이야⋯."

알 길이 없어졌다, 전혀. 도움이 되어주지 못하는 이야기였다. 목탁을 두드리듯 스스로의 머리를 두들겨본다고 한들 이젠 어떤 말도 나올 것 같지가 않았다. 금신나한 님도 내게서 눈길을 거두고 항요장을 손질하시기 시작했다. 하얀 천으로 섬세하게 손질되어지는 항요장. 시퍼런 반월半月의 날 위로 금신나한 님의 흙빛 얼굴이 드리워졌다. 나의 상상력은 때를 놓치지 않고 그 반대편에서 살점을 베이고 피를 쏟아냈을 인간들을 떠올렸다. 도저히 헤아릴 수 없는 간극이었다. 톰과 엘리제, 요괴와 인간, 인간과 스승님, 그 사이에 벌어져 있는 간극이 천계를 넘어 우주보다도 넓은 듯해서 현기증이 차올랐다. 뒤돌아서 가려는 나의 발걸음도 따라서 꼬였다. 털썩. 그대로 구름 바닥 위에 주저앉았을 때, 믿을 수 없는 일이 벌어졌다.

"금신나한! 대문을 크게 열어젖히고, 북을 울려라!"

일갈의 사자후獅子吼가 바람을 찢고, 천계의 성문을 두드렸다. 그 기세가 얼마나 우렁차고 대단했던지 주변의 열기가 삽시간에 달아올라 구름들이 증발해 짙은 안개가 피어오를 정도였다. 순식간에 지척을 분간할 수 없을 정도의 짙은 안개가 피어오르자, 입구를 지키던 초병들은 무슨 영문인지를 몰라 그저 두려움에 벌벌 떨며, 성문에 몸을 바짝 붙일 뿐이었다. 하지만, 나는 조금도 두렵지 않았다. 오히려 달뜬 걸음으로 망루에 올랐다.

"네놈들은 여전히 답답하구나. 기껏 몇 백 년 자리를 비웠다고 나를 몰라보더냐? 두 눈을 똑똑히 뜨고 보거라, 아직도 내가 누구인지를 모르겠느냐?"

휘적휘적. 사자후의 주인공이 하얀 도포 소맷자락 몇 번 휘날리자 금세 안개가 옅어지기 시작했다. 옅어지는 안개 사이로 드러나는 것은 황발금고黃髮金箍의 화안금정火眼金睛. 이미 못 본지 수 세기가 지났지만, 한 시도 잊을 수 없었던 나의 스승님이었다. 얼이 빠져있던 초병들도 그제야 큰 목소리로 스승님의 등장을 알렸다.

"투전승불鬪戰勝佛 제천대성齊天大聖 손오공님이 돌아오셨습니다!"

4.

그 후로 꼬박 아흐레. 그동안 스승님은 도량道場 한 가운데 자리를 잡으시고 꼼짝도 않은 채로 천계의 모든 신선들과 불자, 행자, 사자, 관리들을 차례대로 면담하시며, 밀린 공무를 수행하셨다. 그 열흘이 내겐 지금까지 스승님의 부재를 지켜왔던 지난 몇 세기보다도 더 길고 지루하게 느껴졌다. 스승님은 분명 자리로 되돌아오셨지만, 내가 할 수 있는 건 여전히 아무것도 없었던 것이다. 그저 스승님의 안위를 위하여 다과를 끊이지 않게 하고, 커다란 연잎으로 그늘을 만들어드리는 정도가 할 수 있는 전부였다.

열흘째가 되고 땅거미가 드리워질 때쯤이 되어서야 마지막 면담이 끝났다. 마지막 면담은 천계에서 가장 나이 어린 행자였다.

행자가 사원 밖으로 발걸음을 내딛자 기다렸다는 듯이 처마 끝에 매달려 있던 풍경이 울렸다. 나 역시도 피로가 한꺼번에 몰려와 서둘러 다과상을 치우려들었다.

"왜 치우려드느냐? 아직 끝나지 않았다. 너라고 예외가 되겠더냐? 어서 앉아라."

순간 귀를 의심하지 않을 수 없었다. 발끝에서부터 묘한 떨림이 올라왔다. 스승님과의 대화. 이 시간을 그간 얼마나 기다려왔던가? 상을 치우려던 손을 황급히 거두고, 무릎을 붙이고 앉아 스승님을 마주하였다. 찻잔을 건네는 스승님의 손등에 노을이 내려앉았다. 스승님의 손등을 덮고 있는 털빛이 묘하게도 노란빛이 아닌, 붉은빛을 띄웠다.

"그래, 그간 많이 읽었더냐?"
"네, 말씀하신 대로 부지런히 읽었사옵니다."
"깨친 것이 있더냐?"
"솔직히 잘 모르겠사옵니다. 분부하신 대로 읽기는 부지런히 읽었습니다. 하루도 거르지 않고 읽어 보았습니다. 그러나 인간의 책들은 낡은 것들이 많아 글자를 알아볼 수 없는 것들도 많았고, 읽기에 따라 의미가 크게 달라지는....”

“그래? 그럼, 혹시 글을 써 본 적은 있더냐?”

스승님이 나의 말을 자르고 내려다보셨다. 스승님의 충혈 된 두 눈이 더욱 붉어지셨다. 스승님의 두 눈은 세상 온갖 사악한 것과 요괴를 구별해 낸다는 화안금정의 도력을 갖춘 눈. 순간, 내가 무슨 말실수라도 잘못한 것은 아닌지 불안한 마음이 들어 도저히 스승님의 눈을 마주할 수가 없었다.

“아닙니다. 따로 글을 써 본적은 없습니다.”

“음, 어쩌면 망각의 강에 네 머리를 씻긴 건 내가 일평생 저지른 실수 중에서 가장 큰 실수가 될지도 모르겠구나. 염라국閻羅國의 명부에 낙서를 한 건 비할 바도 안 되겠어….”

열흘 동안 자리에서 꼼짝도 않고 계시던 스승님이 갑자기 벌떡 일어나 기지개를 펴셨다. 사위四圍에 한기가 내려앉아 어둠이 더욱 빨리 찾아들었다. 난 영문도 모른 채 급히 호롱불을 켰다. 다시 되돌아서 자리로 다가서는 스승님의 등 뒤로 시커먼 그림자가 나타나 너울너울 춤을 췄다.

"그게 무슨 말씀이옵니까? 사실 며칠 전에 금신나한 님도 그런 이야길 하셨습니다. 스승님께서는 이미 과거의 제 혼백을 알아보시고 따로 곁에 두신 거라고 말씀하셨습니다. 도대체 이유가 무엇입니까? 그리고 대체 무슨 이유로 곁에 두시고도 지난 몇 백 년 동안 제게 가르침을 내려주신 적이 없으십니까?"

스승님은 대답 대신 찻잔을 비우셨다. 스승님의 눈가에 어둠이 내려앉아 자글자글한 주름이 사라지고 오로지 스승님의 붉은 눈동자만이 남았다. 당장이라도 어둠을 죄다 빨아들여 태울 것 같은 그 눈을 나는 감히 마주 볼 자신이 없었다. 술잔도 아닌 찻잔을 고개를 돌려 비워냈다.

"내가 자리를 비우기 전에, 네놈에게 책을 읽고 있으라 하지 않았더냐?"
"스승님께서 읽으라고 명하셨던 책들은 법구경, 법화경도 아니고 죄다 인간 세상의 이야기들이었습니다. 그것도 전부 인간들의 상상에 의해 허구로 쓰인 책들이 태반이었고, 심지어 이제는 활자조차 제대로 알아보지 못해 모호한 내용들이 태반이었습니다. 그런 책들을 스승님이 자리를 비우신 수 세기 동안 꾸준히 읽었습니다. 덕분에 인간 세상이 여러 나라로 나뉘어 있고, 쓰는 말이 다르고, 풍습과 의식이 다르고, 대대손손 전하는 미덕도 다르다는 정도는 알게 되었습니다만, 그 뿐이었습니다. 지난 수 세기 동안, 제가 궁금했었던 건 오로지 스승님에 관한 것이었습니다. 헌데, 스승님은 기별도 없이 돌아오시지도 않았고…. 저는 인간들이 만들어 놓은 인간들의 이야기 속에서 스승님의 그림자라도 찾고픈 심정으로 읽고, 또 읽었을 뿐입니다. 하지만, 다 부질없는 짓이었습니다. 결국, 모두 다 인간들에 관한 것이었습니다. 저는… 인간을 만나본 적조차 없습니다."

나도 모르게 콧잔등이 시큰해지더니 목이 메고, 금세 두 무릎 위에 올려둔 손등 위로 눈물이 떨어졌다. 스승님은 말없이 계시더니 털 하나를 뽑아 무쇠로 된 삼발화로를 만들고, 또 털 하나를 더 뽑아 곰방대를 만들어 담배를 태우셨다. 뻐끔뻐끔. 곰방대에 붉은 불씨가 피어오르고, 동그랗고 하얀 담배연기가 호롱불 앞으로 피어오르다 사라졌다.

"무명아, 네가 지금 이곳 천계에서 행자 생활을 오래 하다 보니 근본을 잊은 듯하구나. 너도 망각의 강에서 머리를 씻었을 뿐, 네 놈도 인간이었다. 인간의 혼백이었다. 무슨 말인지 알겠느냐?"

5.

곰방대에 불씨가 꺼졌다. 매캐한 담배향이 주변의 차茶향을 다 눌러버려 이제 어둠 속에서 남은 건 짙은 담배의 향을 두르고 앉은 스승님과 나 뿐이었다.

"이야기가 제법 길어지겠구나."

자리를 고쳐 앉은 스승님의 목소리는 차분한 듯하면서도 왠지 모를 떨림이 묻어나고 있었다.

"과거, 천축에서 돌아왔을 때. 당시 석가여래님은 우리 일행들의 고행을 높게 평하셔서 저마다에게 별칭을 하사해주셨다. 덕분에 이 몸도 투전승불로 봉해져 이곳 천계와 인간들에게 해를 입히려는 마귀와 요괴들을 벌하고, 천계의 규율을 엄히 집행하는 집행관의 임무도 함께 하사 받았다. 이후로는 너도 알다시피 천계의 모두로부터 수련으로 깨달음을 얻은 자들과 동등한 대접을 받아왔다. 하지만, 무명아. 당시의 내가 원심猿心을 이겨냈다고는 하지만, 그렇다고 해서 그날 그때까지 불경이라고는 내 스승님의 긴고아緊箍兒 주문 말고는 들어본 적도 없었던 내가 감히 땡중 흥내라도 낼 수가 있었겠더냐? 나는 관세음보살님의 도움으로 이 사원을 짓고, 여기에 스스로 내 몸을 가두었단다. 그리고 진심을 다해 참선을 하고, 불경을 읊기 시작했다. 몇 차례 석가여래께서 친히 오셨던 적도 있으셨다. 내가 힘을 다해 뜻을 이룰 일은 율법의 집행이며, 마귀들 토벌이라 하셨지만 나는 여기서 한 발짝도 나서지 않았었다. 이미 상제님에겐 탁탑천왕과 같은 훌륭한 경호원들이 있었으니 나는 어서 불심을 갈고 닦아 나를 구제해 주신 부처님들과 스승님을 비롯하여, 사형제들에게도 부끄럽지 않은 신실한 불자가 되고 싶었던 거다."

"그 이야기는 우연찮게 금신나한 님께 들은 적이 있습니다. 모두가 오래지 않아서 스승님이 다시 활동을 하실 거라고 예상했었지만, 스승님은 꼬박 근 일천년간 금식하시며 기도를 하신 후에서야 사원에서 나오셨다 들었습니다."

"그래서 금신나한조차 모르는 이야기라는 거다. 내가 사원에 스스로를 포박했던 시간은 고작 삼백 년도 채 되지 않는다. 불경들을 한 차례 읽고, 절식하며, 묵언수행을 이어가던 중에 알게 되었다. 모든 해답이 인간들 속에 있음을 말이다. 그래서 주변의 이목을 끌고 싶지 않아 여기엔 분신을 남겨둔 채 나는 인간들 속에 섞여 들어가 살기 시작했다. 일 년, 이 년... 헌데, 문제가 생기더구나. 여기서는 불로불사의 이 몸뚱이가 신기할 것이 아니지만,

인간 세상에서 숨어 살기란 여간 어려운 것이 아니었다. 고민 끝에 세계를 유랑하기 시작했다. 수백 년에 걸쳐 인간의 탈을 쓴 채 오직 도보로만 세계 각국을 누비고 다녔었다. 그러다 세계를 한 바퀴 돌아 다시 되돌아오게 되었단다. 내 고향 오래국傲來國 화과산花果山에 말이다.

당시의 기분을 말로 표현하기란 참 쉽지가 않구나. 이미 강산은 얼마간 변해있었고, 내가 비를 피해 거처로 쓰던 수렴동水帘洞도 예전의 그 모습이 아니었단다. 고향으로 돌아왔지만, 고향이 아니었던 게야. 나를 미후왕美猴王이라 떠받치던 원숭이들도 뿔뿔이 흩어져 보이지 않더구나. 그놈들도 자자손손 번식했을 터인데, 이미 내가 없는 동안 다른 동물들에게 치여 구역을 빼앗긴 탓이었겠지. 그래서 난 대체 요즘엔 굴 안에 어떤 종자가 자리를 잡고 앉았기에 내 식구들을 모두 쫓아낸 것일까 궁금하기도 해서 수렴동 안으로 들어섰단다. 헌데, 참 웃긴 게 거기에 산짐승이 아닌 인간이 있더구나. 난 네 발로 땅을 딛고 다니는 것들 중 곰이나 호랑이 정도가 있을 줄 알았더니... 적잖게 당황했단다. 당황할 수밖에 없었던 게 굴 안에 웅크리고 있을 것이 당연히 짐승일 줄 알고 내가 인간의 탈을 벗은 채로였거든. 헌데, 더 재미난 것이 그 인간이란 녀석이 내게 정중하게 예禮를 올려 인사를 하더란 게야. 난 어이가 없어서 아니, 시대가 변해 두 발로 땅을 딛고 다니며 인간의 말을 하는 원숭이는 보지도 듣지도 못했을 터인데, 어찌 너란 인간은 놀라지도 않느냐 물었더니, 그 인간이 또 재미난 이야길 하더구나. 글쎄, 나를 기다리고 있었다지 뭐냐? 내가 이놈이 혹시 너무 놀라 실성을 한 것은 아닐까 했는데, 그때부터 말을 청산유수처럼 흘리더구나. 자기는 오승은吳承恩이란 작자인데, 이 부근으로 놀러와 잠시 낮잠을 즐기는 동안 꿈에서 나를 봤다지 뭐냐? 그러더니 꿈에서 본 여기로 오면, 틀림없이 나를 만날 수 있을 거라 굳게 믿고 술도 챙겨왔다더구나. 난 오랜만에 재미난 인간을 만난 듯도 하고, 인간의 탈을 쓸 필요도 없이 대화를 하는 것도 오랜만인지라 갑자기 신이 나더구나. 그래서 그 자리에서 함께 술을 마셨단다.

새삼 이런 이야길 왜 하는지조차 의문일 테지만, 너무 조바심 내진 말거라. 정말 재미난 이야기는 지금부터다. 녀석과 나는 그 날로 당장에 헤어지기가 아쉬워 며칠을 그 굴 안에서 함께 보냈단다. 대부분 내가 겪은 모험담을 이야기하면 그 녀석이 듣고 평을 하는 식이었는데, 그게 여간 재밌지가 않았다. 천축에 다녀왔던 그 때의 일을 다시 떠올려본다는 건 상상조차 않고 있었는데, 막상 다시 이야길 꺼내고 보니 나도 모르게 스승님과 사형제들이 그립고, 아쉬운 것도 많아지고, 인간들에 대해서도 다시 한 번 생각하게 되더란 게지. 하여튼, 그렇게 열흘이 안 되게 굴 안에서 함께 머물며 이야기만 나누다 헤어질 때쯤 되었을 때, 그 녀석이 내 이야길 각색해 글로 써서 남겨야겠다고 하더라. 난 별 생각 없이 그리하라 했었지. 그렇게 녀석과 헤어지고 십 년도 채 걸리지 않았단다. 오래국을 넘어 대륙 전역에서 집집마다 나의 상像을 들여놓고 기도하기 시작하더구나. 이야기 하나가 퍼졌을 뿐인데 말이야….

   물론, 이 이야기만 하자고 과거를 끄집어낸 것은 아니란다. 사실 녀석과 내가 헤어지기 전에 부탁받았던 것이 하나 있었단다. 그 부탁이란 것은 어려운 것이 아니라, 글이 다 써지면, 그 글을 이웃 나라로도 좀 알려달란 것이었어. 자신이 지어낸 이야기가 여러 사람들에게 읽혀지길 소망한다고 말이야. 어차피 한 동네에 오래 머물러 있을 수 없었던 몸인지라 난 흔쾌히 그 부탁을 받아들였단다. 그래서 오래국보다도 더 동쪽에 위치한 작은 반도국에 가게 되었단다.

   하, 그래, 드디어 말할 수 있게 되었구나. 『서유기西遊記』란 제목이 박힌 책자를 들고 그 나라에 도착했을 때, 난 사실 그 책자를 아무에게나 던져줘도 그만이었지만, 그럴 수가 없었단다. 난 이미 그때의 그 변화에 꽤나 흥미진진해져 있었거든. 과연 이 나라에도 이 책자가 전달된다면, 대륙에서만큼 곳곳에 이야기가 번져나가고 나의 신상神像을 모시는 집들이 생겨날까? 그래서 난 아무에게나 책자를 넘길 수 없었단다. 조용조용히 그 나라에서 글 쓰는 걸로 유명세가 있는 사람을 찾아다니기 시작했었지. 그래, 그러다 만나게 되었단 거다. 무명아, 너의 전생前生을 말이다."

탕. 탕.

스승님이 화로에 곰방대를 두드려 재를 떨어내셨다. 하얀 재가 화로 위로 우수수 떨어지는 것을 보고 있자니, 나의 머릿속도 하얗게 비워지는 것 같다.

전생.

단 한 번도 상상은커녕 생각조차 해본 적 없었던 것. 스스로가 혼백, 인간이었단 사실도 여전히 믿기지가 않는데, 스승님은 숨 한 번 몰아쉬시지 않으시고 이야기를 거침없이 이어가셨다.

"그렇게 수소문하다가 찾게 된 것이 너였다. 그때의 네 이름은 허균$_{許筠}$. 제법 명문가의 자식이었고 아직 소년이라고 부르기에도 더 어릴 만큼 앳되었지. 헌데, 내가 도착했을 때, 이미 네 소문이 거리에 자자했단다. 생각하는 것이 유별나 나라에서 등한시하던 도교, 불교의 지식을 마구 끌어다 쓰는 것은 기본이고, 글솜씨가 좋아 붓을 들었다하면, 일필휘지$_{一筆揮之}$로 글을 써 내려가는데, 그 글들이란 것이 허무맹랑한 거짓들이 태반이고, 거짓말을 참말처럼 써서 읽는 이로 하여금 괴력난신$_{怪力亂神}$을 믿게 하니, 어린 나이에 학문이 출중하다고 하더라도 굳이 가까이 두고 사귀기엔 장차 위험이 많은 아이라고.

난 그 소문을 듣자마자 너를 찾아갔단다. 어차피 나의 도술이나 행적을 인간들이 이해할 수는 없었다. 눈으로 보기 전에는 믿지를 못할 것이고, 눈으로 보아도 이해 안 되는 걸 우선 의심하는 게 인간이었다. 그렇다면, 이 『서유기』를 읽고 이야길 퍼트려줄 사람은 누구보다도 거짓말에 능해야 했다. 그렇다면, 소문의 허균이란 영재만큼 제격인 사람이 없어 보였단다. 아니나 다를까, 당시의 너는 내 기대와 정확히 일치했다. 내가 건네어 준 책자를 그 자리에서 단숨에 읽더니 아주 재미나게 읽었다고 하더구나. 그러면서 여전히 날 앞에 세워 둔 채로 바로 필사$_{筆寫}$에 들어가려는데, 난 그 모습을 보고 또 한 차례 궁금해졌단다. 대체 오승은이나 허균 같은 인간들에겐 이 '이야기'라는 것이 어떤 의미인 것일까? 그리고 인간들은 왜 이야기에 취해있길 즐기고, 믿으려 하는 것일까?

그 이후로 나는 짬짬이 네 앞에 모습을 보였단다. 널 수시로 관찰하기 위해서. 매번 다른 모습으로 변장해 네가 알아볼 수 없게 하였지. 그렇게까지 하면서도 꼭 내 눈으로 확인하고 싶은 게 있었거든. 네가 세상에 선보일 이야기는 어떤 것일지 말이야. 안타깝게도 『서유기』는 내 예상과 기대와는 달리 대륙에서만큼 크게 읽히지는 않았어. 그 나라의 규율 같은 것들 덕분이었지. 헌데, 그걸 확인했으면서도 네 주변을 맴돌며 기다렸어. 네 눈빛이 말해주고 있었거든. 네가 훨씬 더 대단한 이야기를 쓰려고 단단히 벼르고 있다는 걸.

아니나 다를까, 기다린 보람이 있었단다. 네가 『홍길동전洪吉童傳』을 써서 세상에 알리더구나. 난 그 글을 쓸 때의 네 표정을 잊을 수 없단다. 결연한 의지에 찬 그 표정... 그리고 붓을 한 번씩 놀릴 때마다 읽고, 다시 또 읽던 신중함. 그렇게 희대의 소설小說이 탄생해서 후세에 남겨지더구나."

6.

스승님이 잠시 말씀을 멈추시고 호흡을 고르셨다. 그러자 가냘프게 너울대던 호롱불이 뱀의 혀처럼 허공을 쉴 새 없이 탐하기 시작했다. 그 모양새가 마치 궁금증을 참지 못해 어서 빨리 다음 이야기를 해달라고 재촉하고픈 나의 마음 같아 보여 부끄러운 기분이 든다.

인간_{人間}·

스승님과 나 사이엔 개다리소반의 다과상 하나만이 있다. 헌데, 그 사이의 간극은 여전히 톰과 엘리제, 엘리제와 톰의 그것이다. 지금까지 나는 직접 한 번도 마주해본 적이 없는 인간. 헌데, 스승님은 그런 인간들 사이에 숨어들어가 나의 전생과 그 업적을 지켜보셨다고 하신다. 내가 전생에 소설가였다고 한다. 그리고 소설을 썼고, 죽어서도 글은 남겨져 세대를 거듭해서 읽혔다고 한다. 헌데, 왜 지금에서야 그걸 이야기해주시는 것일까? 지금의 나는 여전히 인간에 대해서는 전혀 모르는 천계의 행자일 뿐이다.

"다시 한 번 물어보마. 인간들의 글을 읽고, 정녕 인간들에 대해 생각해본 점이 없었더냐?"

꿇어앉은 발끝으로 쥐가 오른다. 짜릿하고 진하게 오른 통증에 발가락 끝을 꼼지락해본다. 그리고 고개도 갸웃해본다. 항상 스승님을 좇을 때마다 인간의 그림자만이 길게 드리워져있었던 지난 시간들. 헌데, 그렇다고 해서 나는 정말 인간을 모르는 것일까? 꿇어앉아 혈액순환이 되지 않는 나의 하체는 그럼, 전혀 피가 돌지 않고 있는 것일까? 그간 읽어왔던 그 수 만권의 책들 중에서 진실이라 할 만한 건 한 조각도 없었던가? 다시 반대편으로 고개를 갸웃거리고, 발가락 끝을 세워본다.

"제가 인간들을 직접 만나 지켜본 적은 없어서 솔직히 모르겠습니다. 인간들 본연의 심성이 어떤지는 온통 듣기만 했던 것들이지 제가 직접 판단해볼 기회는 없었기에, 감히 말씀드리기는 어렵습니다. 다만, 그런 인간들이 쓴 책들에 관해서 몇 마디 할 수는 있을 것 같습니다.

인간들이 만든 이야기들은 하나같이 욕망에 관한 것이었습니다. 그리고 인간들이 사랑과 인연을 중시하려 한다는 것은 알겠습니다. 그러나 실제 그들의 삶에서는 사랑과 인연보단 부와 명예가 더 중시되고 있다는 것도 어렴풋이 알 것 같습니다. 하나같이 그런 이야기들이었던 것 같습니다. 인간들이 품고 있는 욕망은 참으로 다양한 것 같습니다만, 대부분 물욕과 색욕, 권력욕과 명예욕에 눌려 다른 욕망들은 쉽게 깨지고, 무시당하고, 경쟁이 되지 못한 채 아스러지는 것 같았습니다."

스승님이 빈 곰방대를 놀려 화로에 재를 떨다 말고 손을 멈추셨다. 이미 재가 떨어져 나가 텅 빈 곰방대의 머리를 보자 내 입은 절로 다시 움직이기 시작했다.

"그리고 그런 책들에 비해 아주 적은 편이었지만, 그런 내용들도 있었습니다. 그건 인간들 스스로의 입으로 말하는 어떤 '인간다움'을 잃지 않으려는 내용들이었습니다. 제법 세세한 인간들의 욕망을 엿볼 수 있었습니다. 헌데, 그런 책들 역시도 최우선으로 치는 욕망들이 있었습니다. 그것은 '자유'와 '평등' 같은 것들이었습니다. 오히려 전 그런 책들을 더 유심히 읽었습니다. '자유 욕망'과 '자본축적 욕망'들이 시시때때로 충돌하는데, 인간들에겐 그런 문제들에 대한 어떤 구체적인 제도적 안전장치나 규율 같은 것이 없어 보였습니다. 적어도 책에 기록된 바로는 그런 것 같았습니다. 책에 적힌 대로만 보면, 인간들은 거울만을 마주한 채 거

대한 모순의 톱니바퀴를 굴리고 있는 것 같았습니다."

스승님께서 묵묵히 터럭을 한 줌 뽑아 허공에 날리셨다. 그러자 가냘프던 호롱불이 형형색색의 연등으로 피어올랐고, 어지럽혀져 있던 다과상이 정갈하고 맛깔나게 차려진 술상이 되었다.

"오늘 하루는 너와 내가 계율을 어기고 땡중이 되어보자꾸나."

술이 몇 순배.

곰방대에 불씨가 다시 벌겋게 타올랐다. 허나, 이번에는 술에서 풍기는 복숭아향이 담배의 향보다도 더 짙다. 환한 오색빛깔의 연등 아래에 있자니 피어오르는 담배연기마저 그림자를 달고 있는 듯하다.

"내가 인간들에게서 지난 일백 년간 지켜본 것은 서사敍事의 상실이었다."

공중에서 흩어지는 담배연기처럼 스승님의 목소리는 낮게 차분히 깔리면서도 우울한 음색이었다.

"서사가 무엇이더냐? 욕망과 욕망의 충돌로 빚어지는 이야기다. 하지만, 또 단순히 욕망만으로는 이야기가 빚어지지 않는다. 아니, 이야기가 전개되더라도 흥미가 없지. 서사... 그건 인간들에게 있어 다채로운 가능성이자 모든 것들의 씨앗이다. 헌데, 인간들이 서사를 잊어버렸다. 세대를 거듭할수록 인간들은 모든 것들이 단순화되더니 결국 부모, 자식, 형제지간에 말이 없어진 것은 물론이고, 나조차도 돌아보지 않으며, 기껏 만나는 상대 이성에게도 서로 간의 기억과 정서를 공유하는 바 없이 자신들의 시커먼 욕정만을 갈구하더구나."

"스승님, 인간들은 원래가 이기적이었지 않습니까? 금신나한님도 말씀해 주시길, 스승님이 천축으로 다녀오실 때도 스승님이 맞서 벌하셨던 것들은 기실 요괴가 아니라, 탐욕스런 관리와 지역의 유지들이라 하셨습니다. 이미 그 때가 수 세기 전의 일이었고, 인간들의 탐욕은 물질의 번영 앞에서 더욱 무성해졌으니…."

"아니다. 그리 단순하지가 않다. 당시의 인간들에겐 자신들의 욕망과 함께 그에 맞서 충돌하던 비슷한 무게의 욕망이 있었고, 그것으로도 이미 하나의 서사가 되었던 것이다. 헌데, 지금의 인간들은 모든 개개인이 하나의 점일 뿐이다. 무명아, 점과 점은 이어지면 선이 되는 법이고, 수십 가닥의 선이 이어지고, 겹치면, 면이 되는 법이다. 헌데, 인간들이 저마다 점으로만 남으려고 하고

있다. 이것이 얼마나 슬프고 위태로운 일인지 아직도 전혀 감이
오질 않는단 말이더냐?

　이 어리석은 화상아, 결국 상제를 움직인 것이 누구더냐? 인
간들이다! 우리들 역시 다 인간들의 의지와 소망으로 탄생한 존
재들이다. 태초에 무극이 열리고 세상을 일으킨 것은 상제나 관
세음보살님이 아니시다. 모두 다 말도 제대로 못하고, 옷가지 하
나 걸치지 않은 채 금수처럼 들판을 누비던 인간들이었다. 우린
그들의 역사, 그들 서사의 일부일 뿐이다. 그들이 불을 발견하고,
도구를 만들고, 경작을 하는 과정에서 과연 상제가 무얼 얼마나
열심히 했을 것 같더냐? 그저 그들의 기도를 들어주었을 뿐이다.
그때에는 분명, 그 기도에는 분명, 서사가 있었지. 그들의 욕망이
순수하면서도 그 욕망이 인간들 전체를 내일로 이끌어갈 만큼 희
망적인 가능성의 씨앗을 담고 있었지…. 헌데, 이젠 그런 가능성
과 희망에 대한 살점들은 다 뜯겨나가고, 가냘픈 욕심만이 남아
버렸어….”

　말을 채 잇지 못한 채 스승님이 술잔을 비우셨다. 붉은 눈동
자가 촉촉이 젖어있으셨다. 스승님의 말씀대로면, 인간이 세계의
근간이며, 동시에 이 우주의 실질적 주인이었다. 헌데, 그런 높고

고귀한 존재가 지금 터무니없는 길을 향해 발걸음을 내딛고 있다고 하신다.

"인간들이 스스로 배를 불릴 수 있게 된 것도 그들의 욕망 덕분이었다. 그들의 기도 덕분이었고, 그들의 희망 때문이었다. 헌데, 이젠 인간 세상에서 기도가 사라졌고, 배가 확연히 부른 자와 배 껍질과 등껍질이 들러붙은 자들만이 남았다. 덕분에 인간들은 더 이상 희망을 노래하지 않는다. 유일한 희망은 요행과 꼼수다. 배가 부른 자들은 희망을 노래하는 것이 아니라, 가진 걸 하나라도 덜 내놓기 위한 고민만을 한다. 거기에 서사 따위가 있을 것 같더냐? 이젠 누구도 옆 사람을 챙기지 않고, 누구도 사랑을 하지 않으려 한다. 사랑처럼 열정을 다 하는 순간 마음에 상처가 생기는 것조차 두려워 발을 빼고 물러서고, 서로의 육체만을 더듬을 뿐이다. 거기에 서사는 껴 들어갈 틈조차 없다. 오로지 욕정으로만 가득한 것이다. 그렇게 사람들마다 연결되지 못한 채 하나의 점으로만 남아 그 자리에서 외로이 말라버린다. 배가 부른 자는 배가 불러도 정서가 말라 아귀에 혼이 빨리고, 배 굶는 자는 요행과 꼼수 외엔 기댈 곳이 없어 매일 딛고 서 있는 발밑이 이미 지옥도다. 그러면서도 자기네들이 왜 이런 위기를 맞이하게 된 것인지는 하나같이 모른다. 굶는 자들은 그저 요행을 내리지 않는 상제를 원망하고, 배부른 모든 자들을 똑같이 증오할 뿐이다. 배부른 자들 역시 자신이 쌓아올린 부와 물려받은 부를 구분할 줄도 모른 채 그저 아귀마냥 더, 더, 더! 하고 외칠 뿐이다. 인간들이 서로 선으로 이어지지 못하고 있단다. 인간들의 의지가 탄탄한 실타래로, 면으로, 그 희망이 온전한 하나의 구球로 거듭나지 못하고, 이제… 말라버릴 일만 남았단 말이다."

결국 스승님의 눈에서 눈물이 흘러내렸다. 나는 고개를 얼른 돌려 술잔을 비웠다. 대체 이런 내가 무엇을 할 수 있단 말인가? 스승님이 눈물을 훔치시는 동안 나는 연거푸 재빠르게 잔을 비워냈다. 아무것도 온전히 알고 있는 것이 없는 내가, 인간에 대해 전혀 모르고 지내온 내가, 어차피 귀담아 듣는다고 한들 단박에 알 수가 없는 내용들이었다. 전혀 모를 말들이었다.

"무명아, 지금부터 내가 하는 말을 잘 들어야 한다. 나는 네게 땅을 굴려 구름을 부르는 술법 따위는 고사하고, 참선조차도 제대로 가르쳐 본 적이 없다. 그리고 앞으로도 평생 그딴 것들은 가르칠 생각조차 없다."

어안이 벙벙했다. 어안이 벙벙한 이유가 스승님이 가르침을 주지 않겠다고 이야기하셨기 때문인지, 스승님의 솥뚜껑 같은 두 손이 다음 순간 내 머리를 움켜쥐어서인지는 잘 모르겠다. 스승님은 내가 그런 걸 분간할 틈조차 주지 않고 말을 이어가셨다.

"시대는 변했고, 인간들은 번영을 누리며, 스스로를 보호하고, 스스로 조물주가 되기를 희망하고 있다. 이런 인간들이라 단순히 힘을 부려 경외심敬畏心만 심어줘서는 해답이 되질 않는다. 이런 인간들이라 오히려 더욱 '인간다움'을 자각시켜 스스로 깨닫게 해야 하는 것이다. 내가 천축으로 길을 떠났었던 시절. 내 여의봉如意棒에는 하루가 멀다 하고 인간들의 피가 묻었단다. 금신나한의 항요장에도 인간들의 피가 흘렀고, 정단사자의 구치파九齒鈀에도 인간들의 피가 마를 날이 없었다. 그래서 얻은 것이 인간들의 두려움과 경외였다. 세월이 지날수록 인간들 사이에서 소문과 소문이 더해져 나는 더욱 신격화되었다. 수십, 수 백 개의 사당이 지어지고, 나를 본떠서 만든 조각들이 집집마다 들어섰다.

헌데, 언제부터인가 인간들이 내게서 차츰차츰 경외감을 거두어가더니, 결국, 내 조각상을 보고 일상에서 바른 마음으로 생활에 임하겠다고 다짐했던 인간들이 언제부터인가는 내 조각상을 보고 기도하길 자기네 주머니를 채울 돈을 달라하고, 아픈 곳을 치유해 달라하고, 드러누워 잠드는 집을 더 넓혀 달라고 하더구나. 내게 그럴 정도니 상제나 관세음보살님에겐 오죽했겠느냐? 나는 덕분에 직접 오랜 시간을 들여 인간들이 살아가는 모습을 지켜보며 고민을 해야 했다.

인간들에게 오만함이 있다는 것 정도는 너도 이제 잘 알고 있을 테지만, 그 오만방자의 끝은 짐작도 못할 수준이다. 내가 만약 인간들에게 두려움을 심어주고자 여의봉을 휘둘러 대지를 가른다면, 지금의 인간들은 한 치의 망설임도 없이 미사일을 쏘아 올려 대륙을 섬으로 만들고, 섬을 가루로 만들어 버릴 것이다. 그리고 내가 만약 경외의 대상이 되고자 분신술을 써서 군대를 만든다면, 인간들은 기다렸다는 듯이 이웃나라에 겨누고 있던 방아쇠를 즉각 당겨버릴 것이다.

그러니 이제 더는 경외와 두려움만으로는 인간들을 막아설 수가 없다. 안타깝게도 내가 제일 잘 할 수 있는 일들이 이 시대에선 하나같이 쓸모가 없다는 거다. 그저 불행의 씨앗이 될 가능성만 농후하다. 그러나 너는 나와 다르다."

스승님께서 내 머릴 감싸던 손을 놓으셨다. 휘청. 어지럼증이 일순간에 밀려왔다.

"네가 전생에 썼던 소설이 어떤 소설인지를 아느냐? 한 나라의 잘못된 규율과 모순에 정면으로 도전하는 시대의 반역을 품었으면서도 유리처럼 투명하고 맑은 글이었다. 시대 속에서 바닥을 기어가며 살던 인간들 하나하나의 순수한 염원이 담긴 글이었다. 네가 말한 자유와 평등에 대한 갈망. 인간답게 살고자 하는 이들의 갈망과 그 갈망을 실현해가는 과정이 구체적으로 고스란히 담겨있어 당시 위정자爲政者들로 하여금 간담을 서늘케 할 수 있는 글이었다. 물론, 영특했던 너는 어차피 괴력난신의 소설로 쓰면 감시의 눈을 쉽게 피할 수 있다는 것도 알고 있었고, 그러기 위해서 인간들 스스로도 믿지를 않는 도술이야기를 불필요하게 남발하기도 했다.

무명아, 당시의 너는 정확히 알고 있었던 것이다. 바로, 소설, 이야기의 힘을 말이다."

7.

갑작스레 상을 물리신 스승님이 앞장서 사원 밖으로 걸어 나가셨다. 갑작스레 성큼성큼 걸음을 내딛는 모습에 나는 무작정 뒤를 쫓을 뿐이었다. 처마 끝의 풍경이 한차례 길게 울리고, 그 소리가 들리지 않을 때쯤이 되었을 때, 스승님이 발걸음을 멈추셨다.

"이제 그만 하산해라."
"네?"

나는 그만 힘이 풀려 털썩 주저앉아 버리고 말았다.

"스승님! 갑자기 그것이 무슨 말씀이옵니까? 드디어 스승님을 만나 전 이제야 제대로 된 가르침을 받게 되는 줄 알았는데…."

전신이 부들부들 떨려왔다. 대체 나는 왜 스승님을 기다린 것인가? 스승님은 왜 갑자기 나에게 모든 짐을 떠넘기시는가? 정신이 아득해질 뿐, 아무것도 떠오르지 않는다. 점점 몸이 구름 밑으로 빨려 들어가는 것 같다. 아니다, 실제 구름의 바닥이 꺼져 하체가 빨려 들어가고 있다. 이렇게 헤어지는 것인가? 나와 스승님은 이대로 이만큼의 간극을 두고 달리하는 것인가? 난 이대로 그럼, 톰이든, 엘리제든, 인간들을 만나고 수백, 수천, 수만의 간극 속에서 길을 찾아가야 하는 것인가?

"가거라. 네가 전생을 살았던, 내가 머물던 동쪽의 반도국으로 가거라. 가서 그곳의 인간들 스스로가 인식하지 못하고 있는 위기를 네가 막아서라. 그곳은 이미 인간들 스스로의 오만에 빠져 저마다 점점이 흩어진 채 홀로 외롭게 영혼들이 낡아가고 있다. 부디 새겨들어라. 인간 세상의 소설이 무엇이더냐? 결국 이야기 아니더냐? 그리고 그 이야기는 무엇이더냐? 인간들 욕망의 충돌이 아니더냐? 그리고 좋은 소설이 무엇이더냐? 읽는 이로 하여금 이야기를 욕망케 하고, 읽는 이로 하여금 현실에서 희망을 품게 하고, 읽는 이로 하여금 사랑을 꿈꾸게 만드는 것. 네가 전생에 남겼던 소설이 그리하였느니라. 내가 왜 이 사실을 알면서도 네게 숨기고 망각의 강에 네 혼백을 씻겼는지 아느냐? 네가 감히 스스로의 힘으로 세상을 고쳐내지 못했단 응어리를 품을까봐서다. 이미 너의 글은 세대를 거듭하며 읽히고 있음에도 네가 구하지 못한 영혼이 더 많단 사실에 좌절할까 노심초사勞心焦思해서다. 그래서 나는 내 손으로 직접 네 혼백을 씻기며, 오늘을 위해 간절히 기도했느니라. 네가 스스로 다시 인간들에게 관심과 흥미, 애정을 가지고 다가갈 수 있길. 네가 스스로 이야기를 빚어내어 만천하의 인간들에게 들려줄 수 있길…. 다행히 넌 나의 외면 속에서도 모든 것을 스스로 익히며 잘 해주었다. 무명아, 그게 무엇을 뜻하는 것인지 이제 좀 알겠느냐? 넌 이미 스스로 모든 준비를 마쳤다는 거다."

　소리쳤다.

　"스승님, 저는 아무런 준비도 되어있질 않사옵니다!"

　크게 소리쳤다.

　"스승님!"

　그 어느 때보다 악을 실어 소리를 내질렀지만, 이미 몸의 절반이 구름 밑으로 빠져들고 있었다. 다시 이번에는 살려달라고, 살려달라고 소리쳐봤지만, 어느새 구원이 목구멍으로 쏟아져 들어와 금세 숨쉬기도 힘들 지경이 되었다. 여기에 대고 스승님이 마지막 인사를 건네신다. 이젠 귓구멍까지 구름이 파고들어 그 인사조차 제대로 들리지 않으려 한다.

　"가거라. 가서 사람들 간의 끊어진 선들을 이어주는 글을 써다오. 그들이 세대를 거듭할수록 오래도록 기억될 그런 글을 써다오. 그리하면, 내가 너의 법명法名을 높고 큰 곳에서 빛나 모두가 우러러 볼 수 있다 하여 '경민京珉'으로 남기도록 하마. 그러니 내려가서는 내가 잘 찾아볼 수 있도록 아호雅號를 '문수림文秀琴'으로 쓰고, 늘 글을 쓰기 전에 오늘의 대화를 떠올려라.

마하반야바라밀다심경摩訶般若波羅蜜多心經 관자재보살觀自在菩薩…"

달빛이
닿지않아도
달을그리워하는
꽃은핀다
문수림 님의 '꽃,-

calligraphy design by

隨筆

내가 다시 펜을 잡은 건
조르주 멜리에스 덕분이다

1.

조르주 멜리에스는 나와는 아무런 연고가 없는 프랑스 사람이다. 그것도 1861년에 태어나 이미 1938년에 공식적으로 유령이 된 인물이다. 소설은 우연을 용납하지 않지만, 그가 나에게 영향을 끼친 과정을 돌이켜보면, 우연이라고 밖에는 설명이 되지 않는다. 역시 이 우주에서 빚어지는 현실은 작가 나부랭이가 펜으로 긁적이는 것보다 훨씬 기막힌 우연과 기적으로 이루어져 있나보다.

사실 조르주 멜리에스가 나에게 영향을 준 것인지조차 모르고 지나칠 수도 있었다. 내가 다시 펜을 잡게 된 보다 직접적인 배경은 미국드라마라 해야 옳다. 그 다음으론 흥행돌풍이 연이어 불기 시작한 한국영화들 덕분일 테고, 차례대로 각종 케이블방송의 확대와 IPTV의 등장이 그 원인이라 할 수 있겠다. 조금 더 세세하게 따지자면, CG나 아이맥스 따위는 내게 일절 도움이 되지 못했지만, 각종 다양한 형태의 이야기들이 범람하기 시작한 건 확실히 내게 큰 자극이 되었다. 자연히 한동안 영상문학 같은 것에 몰두하게 되었다.

조르주 멜리에스를 만난 건 그때가 두 번째다. 첫 번째는 대학 졸업반 시절, 전공 수업시간에 잠시 만난 적이 있었지만, 그땐 전혀 흥미가 없었다. 그래서 기억조차 가물가물한 이름이었고, 다행인지 불행인지 그의 업적과 삶이 생소하게 느껴졌다. 그래서일까? 늦은 밤, PC앞에서 구글링을 하며 그를 추격하게 되었다. 구글링에 열을 올리는 많은 사람들이 그렇듯이 나 역시 그의 인생이 궁금해 미칠 것 같아서 열을 올려 추격했던 것은 아니었다. 다만 일반적으로 알려진 그의 업적에 비해 노출되는 자료들이 너무 적은 것 같았다. 그래서 찾기 위해서 찾는 작업이 시작되었고, 그 작업 과정에서 나의 영혼과 그의 영혼이 얼마간 닮은 부분이 있다는 것도 알게 되었다.

안타깝지만, 조르주 멜리에스. 그도 예술가藝術家였다.

2.

내 나이 열여섯 무렵, 당시의 나는 마흔다섯쯤에 자살하기로 결심했었다. 그리고 내 나이가 스물다섯이 되던 해, 그나마 영혼까지도 악마에게 주는 쪽으로 마음을 굳혔다. 그게 다 소설 때문이다, 예술 때문이다, 아름다움에 대한 광적인 집착 때문이다.

서른다섯의 시간을 살고 있는 지금의 내가 다시 생각을 해보면, 안될 말이다. 자살은커녕 방바닥에 똥칠 제대로 할 때까지 오래도록 살 생각이다. 영혼도 악마 따위에게 줘서 될 일이 아니다. 어떻게든 다시 인간으로 환생을 해야 한다. 그게 다 소설 때문이다, 예술 같이 고매한 것은 이제 모르겠고, 아름다움이 뭐였는지도 기억이 가물가물 하지만, 소설 때문에, 살아도 누구보다 오래도록 살아야 한다.

열여섯의 나는 요즘말로 중2병을 앓았던 것 같다. 그것도 스물다섯이 넘도록 처절하게 앓았던 것 같다. 내 기억이, 아니, 내 정신상태가 온전해졌을 때를 기점으로 본다면, 아마도 내 나이 서른이 되기 전까지 나는 중2병을 계속 앓았던 것 같다. 참, 징하다 못해 끔찍한 사춘기였다. 그렇다고 지금의 내가 철이 들었다는 것은 아니다. 때때로 여전히 열여섯의 내가, 스물다섯의 내가 스스로 멋졌다는 생각을 할 때가 있으니 말이다.

중2병을 앓았던 열여섯의 소년 이경민은 당시 '예술이 무엇이다'라고 스스로 정의내리지 못할 철부지였지만, 한 가지는 스스로 딱 부러지게 확고하게 믿었던 바가 있었다. 그건 '늙으면 추해진다'라는 명제였다. 그래서 당시의 내가 고민 아닌 고민을 잠시 해보니 마흔다섯이 자살하기 딱 좋은 나이같아 보였다. 마흔다섯. 계획대로면, 나는 이십대에 내 일생의 베스트셀러를 쓰게 될 것이고, 많은 작품 필요 없이, 딱, 그 작품 하나로 온전하게 기억되고 싶다는 욕망을 품었던 거다. 멋지지 않은가? 남아로 태어나 한 평생 천수를 누리더라도 길어봤자 구십 평생일 텐데, 그 중 정확히 딱 절반만 생을 누리다 가는 거다. 일생의 역작力作만을 남겨두고. 그리되면, 나의 작품들이 훗날 국어교과서에 실려 대대손손 읽혔을 때, 작가에 대한 소개글이 아래와 같이 참으로 간략한 문장으로 남게 되리라.

'이경민. 1981년 ~ 2025년. 2000년대 초기 한국문학계에 획을 그은 천재 작가.

2000년대 이전 소설과 이후 소설은 작가 이경민을 놓고 양분된 다는 말이 있을 정도로

이전의 문예작품들과는 궤를 달리하는 문체와 소설문법의 파괴를 보임.

안타깝게도 마흔다섯의 젊은 나이에 자살.

대표작으로는 소설집 『괴담』이 있다.

스스로 이룰 것을 다 이루어 떠난다는 유언을 남기고 세상을 떠난 젊은 작가. 그의 문학작품 앞에서 누가 그의 인생에 대해서 말하겠는가? 그보다는 온전하게 기록된 작품들만이 끊임없이 회고되어 읽히지 않겠는가? 작가의 작품과 작가의 인생을 나란히 두고 정리해보는 작가론으로 누가 요절한 이경민을 쓰려할까? 생애도 짧고, 작품의 수도 적어 비평가들도 피해갔을 테다. 그보다는 파격적인 나의 문체가, 소설적 실험기법이, 이후 작가들에 의해 끊임없이 패러디, 확대 재생산되리라. 그래서 문장 안에서 영원불멸의 삶을, 그 호흡을, 만끽하는 영혼. 정말 그렇게 된다면, 참, 괜찮지 않을까? 다만, 열여섯의 소년 이경민이 품었던 열정과 꿈의 크기에 비해 서른다섯을 보내고 있는 지금의 나는 열

정도 그 절반이 되지 못하고, 꿈의 크기 역시 일백만 분의 일조차 도 되지 못한다. 안타깝게도 열여섯의 나는 이 사실을 예측하지 못했던 거다. 내가, 글을 그만큼 잘 쓰지는 못할 것이란 사실. 이 십대 이후로 반쪽짜리 사랑만 해서 십여 년 가까운 세월을 절필絶 筆하며 보내리란 사실을 말이다.

다행히 스물다섯의 나는, 내색은 않아도 사실 얼마간 스스로 눈치를 채고 인정하고 있었다. 나는, 재능이 없었다. 만인 앞에서 늘 글을 쓰는 사람, 글로 밥을 빌어먹고 사는 사람이 되겠노라 수차례 이야기하며, 다짐에, 다짐을, 했지만, 내심 두려움에 짓눌 려 있었고, 무엇보다 제대로 된 연애를, 온전한 사랑을 못해본 내 가 글을 쓴다는 것부터가 말이 되지 않았다. 나의 글엔 늘 큰 구 멍이 뚫려 있었고, 난 그 구멍의 정체를 알면서도 채우지를 못했 다. 인간에 대한 기본적인 예의나 존엄에 대한 숭고함까지는 모 르더라도 인간들 중 절반인 여성들조차 전혀 모른 채 글을 쓴다 는 것은 확실히 죄악이었다. 그래서 악마에게라도 의탁해야 한다 고 생각했다. 스스로의 힘으로, 스스로 욕망하는 바를 움켜질 수 없으니 답이 뻔한 것이라 생각했다. 스물다섯. 곧 졸업이었다. 전 국대학단위의 공모전에서 한 번이라도 상을 타보고 졸업을 해야 한다는 강한 압박감이 나를 옥죄었다. 그 나이가 되도록 여자를 몰랐었던 나는 여성작가들의 섬세한 문체, 탁월한 심리묘사를 접할 때마다 패배감에 온몸을 부들부들 떨어야 했고, 무엇보다 여자 스스로가 주인공인 소설들 앞에서는 내가 가진 어떤 무기로도 대응이 불가능했다. 그러니 악마에게 영혼쯤이야 내주더라도 살아서, 지금, 사회로 나가기 전에, '젊은 작가', '기대되는 신인'이라는 타이틀을 내게 안겨줄 작품이 필요했다.

우습게도 그런 생각만 했지 영혼은 팔지 않았다. 압박감에 원고를 줄줄줄 쏟아냈었고, 그게 똥이든, 된장이든, 어떤 작품이든 하나는 그래도 입상하지 않겠냐는 이상한 확률계산도 하게 되더니 불행인지 다행인지 교내에선 상을 타게 되었고, 전국단위에서는 최종 심사에 내 작품들이 거론되기도 했다. 그러나 거기까지. 원하던 전국단위의 상을 타지는 못했고, 난 졸업과 동시에 십년 가까운 시간을 절필하게 된다.

3.

아름다움은 순간이다. 사람의 일생만 두고 보아도 이십대의 처녀가 가장 아름답다. 그래서 여자들 사이에선 나이가 깡패라는 말도 있다. 삼십대, 사십대 여인들이 아무리 꾸민다고 한들 이십대 여성들을 외모로 이길 수는 없다는 말이다. 그러나 젊음은 순간이다. 역사가 증명한다. 그간 많은 경국지색傾國之色이 있었지만, 다들 늙었다. 멀리 클레오파트라까지 가서 예를 들 필요도 없다. 당장 오드리 헵번도 한 줌 재가 되었고, 올리비아 핫세도 이제 꼬부랑 할머니가 되어가고 있는 중이다.

조르주 멜리에스는 그 사실을 잘 인지하고 있었던 듯하다. 그는 여느 사람들과는 달리 '기록'하는 것과 '창조'하는 것에 관심이 많았다. 그도 그럴 것이 그는 마술사였다. 그것도 자신의 극장을 소유한 마술사. 그러니 이미 대중적인 인지도와 그럴 듯한 마술로 갈채와 환호를 받고 있었던 인물이다. 그럼에도 불구하고, 그는 당시 새로운 시각적 체험이었던 '영화필름'에 도전할 결심을 하게 된다.

때는 바야흐로, 1895년 12월 28일. 프랑스의 뤼미에르 형제가 파리의 그랑카페에서 최초의 영화필름을 영사한 역사적인 날이었다. 그날, 대중은 아무것도 없는 흰 벽면에서 사람들이 움직이고 마차가 다니며 기차가 다가오는 충격적인 시각적 체험을 하게 된다. 거기에 참석해 있던 조르주 멜리에스도 굉장한 충격을 받게 되고, 곧이어 영화로 승부를 보겠다는 결심을 굳히게 된다. 아이러니한 것은 대중 앞에서 직접 '시네마토그래프'를 최초로 선보인 뤼미에르 형제는 영화의 산업적 가능성을 점칠 수 없어 단순히 호기심에서 그쳤을 뿐, 영화제작은 포기해버렸다는 사실이다. 그럼, 조르주 멜리에스는 어째서 결심을 굳힐 수 있었던 것일까?

　마술은 환상의 실현, 모순의 현실화가 생명이다. 칼로 몸뚱이가 잘린 사람은 다시 살아날 수 없다는 단순한 진리를 무대 위에서 깨버리는 것, 날아오는 총알을 눈앞에서 잡아내고, 쇠사슬에 묶인 채 금고에 갇혀도 탈출하는 것, 그것이 마술이다. 이루어질 수 없는 일이 무대 위에서, 눈앞에서, 현실화가 되는 순간 관객들은 카타르시스를 느끼게 되고, 마술사에게 갈채를 보내게 된다. 그러나 무대를 빠져나와 집으로 돌아가는 길 위에서 관객들은 마술사의 트릭을 의심하게 된다. '순간'이 지나가 버린 것이다. 모르긴 몰라도 조르주 멜리에스는 우수한 마술사였던 만큼 이 사실에 대해 고민을 멈출 수 없었을 것이다. 게다가 '영화필름'은 당시를 살아왔던 본인에게 그 어떤 마술보다도 강력했을 것이다. 빈 벽면에서 말이 달리고, 기차가 다가왔으니 말이다. 아마 '영화'가 그 '순간'을 무한히 지연시켜줄 수 있는 강력한 도구가 될 수 있으리라 믿었을 것이다.

창작자, 마술사 본인을 관객이 절대 의심하지 못하도록 만드는 가장 좋은 방법은 충격을 보다 강력하게 주는 것이리라. 관객들로 하여금 환상을 현실로 제공하여 온전히 믿게 하는 것. 보다 완벽한 마술, 보다 실제 같은 마술로 관객들을 충격에서 벗어나지 못하게 옭아매는 것. 그리하여, 무한에 가깝게 관객을 그 '순간'에 머물게 하는 것, 박제剝製시키는 것.

조르주 멜리에스는 노력하는 마술사이자, 타고난 예술가였다. 결국, 1902년. 아폴로 11호가 달에 착륙하기 무려 67년이나 앞서 달나라로 여행하는 모습을 영화로 만들어 상영하였으니 말이다.

4.

아름다움은 순간이다. 사람의 일생만 두고 보아도 이십대의 청년이 가장 멋있다. 삼십대, 사십대 남성들이 아무리 노력한들 이십대 청년의 야망, 열정과 패기, 체력을 모두 흉내낼 수는 없다. 하나가 빠져도 빠지고, 모양이 살지 않는다. 그러나 젊음은 순간이다. 역사가 증명한다. 그간 많은 천하영웅들이 있었지만, 다들 늙고, 병들어 죽어버렸다. 그래서 나는 세월의 풍화작용風化

作用 속에서도 변치 않는 것들만을 찾아서 남기고 싶었다. 아니, 정확히는 그런 것들을 소유하고 싶었다.

때문에 사랑을 해도 변치 않는 사랑을 내가 해보고 싶었고, 모두가 정상적으로 가는 길보단 다른 길이 궁금했고, 힘들고, 불가능한 싸움이라고 말하는 것들에 도전해 보고 싶었다. 세상을 지배하는 자본의 논리와 가치들을 쫓아가기 보단 허름하더라도 나름의 신념을 지켜나가고 싶었다. 그러나 인생의 농담이 늘 그러하듯이, 무엇 하나 손에 쥐지 못한 채 십대와 이십대를 흘려보냈다. 그리고 그 와중에 나의 감성들이 휘발될까 두려워 글을 썼다. 그 불가능한 것들에 도전했던 순간순간의 감성들, 아무리 애타게 사랑한들 한 여자의 배경은 될 수 있어도 그 여자의 짝은 될 수 없었던 나날들의 감성들, 가난하다고 해서 사랑과 희망을 모를까, 다 깡그리 폐기처분해야 했었던 날들의 감성들, 그런 감성들이 내가 나이를 먹고, 시간이 지나는 동안 모조리 다 휘발이 될까 두려워 글을 썼다.

그러나 무엇 하나 박제시키지 못했다. 나의 단어들은 빈약했고, 문장들은 어설펐다. 타협하지 못한 채 살아온 젊은 날들이 나를 미성숙한 인간으로 만들어 준 덕분에, 나의 글도 미숙했다.

그저 미완未完인 채로 나는 대학을 졸업해야 했다.

대학 졸업 이후, 나는 대학원에 진학했었다. 그때만 해도 일시적인 절필이 되리라 믿고 있었다. 당시의 나는, 지금도 그렇지만, 글을 쓰는 작업에 있어, 기교 부리기를 좋아했다. 조금 건조하게 느껴지더라도 담백하게 문장을 이어나가도 될 부분들을 일부러 행간을 나누어 쓰거나, 붙여 쓰거나, 분해하듯이 전혀 다른 이야기들 속에 깨알 같이 곳곳에 묻어버리는 식이었다. 헌데, 정작 중요한 메시지의 깊이가 없었으니 그런 겉만 반들반들한 짓이 먹힐 일이 있겠는가? 기교를 줄이고 실질적으로 이야기의 깊이를 만들어 보자. 그래서 고전문학 작품들과 철학, 개화기 국내소설을 더 읽기 위해 대학원에 진학했다. 버거웠다. 일반적으로 대학 4년 동안 끝냈을 작업들을 홀로 대학원에서 해나가기란 그 양부터가 쉽지 않았다. 자연스레 날밤을 뒤집어가며 과제를 하고, 책 읽기를 하나의 작업처럼 만들어 나가게 되었다. 그 와중에도 과제나 논문이 아닌 '소설을 쓰는 감각'이 사라질까 두려워 쉴 때마다 드라마를 봤다. 그때 만난 것이 미국드라마다.

미국드라마는 한국드라마와 많은 부분에서 달랐다. 무엇보다 가장 기본적인 '이야기를 전개하는 방식'에서 엄청난 차이를 보였다. 게다가 인물들 위주로 그들 개개인의 욕망을 하나씩 보여주고 충돌시킨다는 점에서 기본적인 소설의 문법과 닿아 있었다. 이건 기본적으로 남녀 주인공 한 쌍의 커플이 반드시 연애를 하며, 사회적으로도 성공해야만 하는 한국의 드라마와는 이야기의 골격 자체가 다른 문제였다. 덕분에 기교보단 깊이를 배우고자 학문에 정진하려던 최초의 목적과는 달리 눈으로 영상을 보고, 소설적 기교를 받아들이는 시간을 보내게 되었다. 그러니 당시의 나에겐 미국드라마가 좋은 교과서였으며, 동시에 감을 잃지 않게 해주는 좋은 영양소였다.

하지만 여전히 글을 쓸 수는 없었다. 기교는 기교일 뿐, 여전히 달라진 것이 없어서 깊은 울림을 갖추지 못했던 난 펜을 놓고 있었다.

5.

1902년. 조르주 멜리에스의 《달세계 여행》은 많은 이들에게 새로운 세상을 열어주었다. 당시 상영시간 12분짜리였던 이 영화의 줄거리는 매우 단순하다. 인간들이 달나라로 갈 수 있는 연구에 성공하게 되었고, 소위 귀족들이 달나라로 최초의 여행을 가게 되었는데, 거기에서 괴물들을 만나 되돌아오게 되고, 지구에 도착해 안심하나 싶었더니 괴물들 중 한 마리가 따라와서 곤경에 처할 뻔 했지만, 괴물을 결국 물리치게 되고 모두가 행복해 하며 끝이 난다가 전부다. 그러나 이 영화는 영화사에서 늘 회자되는 영화이며, 영화인들에겐 교과서 같은 영화이기도 하다. 이 영화의 백미는 연출에 있다. 당시엔 인간이 달나라로 여행을 간다는 발상에서부터 허무맹랑한 이야기였지만, 그것을 현실에서 그럴싸하게 보여줄 수 있었단 점에서 많은 이들이 상상의 벽을 허물 수 있게 된다. 앞서도 이야기했지만, 현실에서 인간이 진짜 달나라에 도착하게 된 건 그 후로 67년이나 더 지나고 나서다. 게다가 로켓이 발사되어 달의 표면에 착륙하기까지 3일 이상의 시간이 소요됐다. 그러나 조르주 멜리에스는 영상에서 5분만에 로켓을 쏘아 올렸으며, 단 십오 초 만에 인간들을 달에 착륙시켰다.

방법은 아주 간단했다. 이미 자신의 마술 극장을 보유하고 있었던 조르주 멜리에스는 무대장치와 빛을 이용하는데 아주 탁월했다. 당연히 분장을 한 배우가 무대에서 어떻게 보이는가에 대해서도 잘 알고 있었기에, 배우의 얼굴을 '달'로 분장시킨다는 상상을 할 수 있었고, 배우의 얼굴 외에는 화면에 잡히지 않게 하기 위해 검은 천을 사용하는 치밀함도 보였다. 끝으로 영상의 이중

노출. 고정된 두 화면이 겹치면서 다음화면으로 자연스레 전환되는 스톱모션, 페이드fade 효과를 반복적으로 사용해 달이 점점 관객들에게 다가오는 듯한 환상을 심어주는데 성공하게 된다. 그렇게 아주 간단히, 인간을 달나라로 보내버렸고, 현실의 많은 인간들이 그 영상을 현실처럼 받아들이게 되었다.

페이드 효과가 언급이 되어서 하는 말이지만, 그는 유능한 기교 연출가였다. 아니, 영화적 기술들과 효과 그 자체의 선구자였다. 엄밀히 말해서 조르주 멜리에스는 처음부터 영화제작에 몰입할 계획은 아니었다. 다만, 이 환상적인 기술을 어떻게든 마술에 접목시키고자 최선을 다했다. 정확히는 마술무대에 적용을 시키고자 여러 방면으로 탐구를 하였으며, 스스로 영사기를 들고 작동시키며, 카메라로 영상을 촬영하는 것을 매우 즐겼다고 한다. 그 근거로 페이드 효과기술을 터득하게 된 배경에 관한 이야기가 있다.

조르주 멜리에스가 길거리를 촬영하고 있었는데, 버스가 등장하는 장면에서 카메라 조작 실수로 카메라가 멎어버렸다. 다시 카메라를 원상복귀 시켰을 때, 버스가 떠난 뒤였고, 영구차가 지나가고 있었다. 헌데, 돌아와 영사기를 돌려보니 분명, 버스와 영구차. 전혀 다른 두 대의 차량이었는데, 필름에서 겹쳐보였던 것이다. 다른 속설도 있다. 멜리에스가 필름을 돌리며 영사하다가 필름이 뒤엉켜 버리는 사고가 발생한다. 필름을 다시 손보는 과정에서 우연히 두 장의 필름을 겹친 채 영사기에 노출시켜 보게되고, 이미지가 겹치는 효과를 줄 수 있을지도 모른다는 착안을 하게 되었다는 것이다. 두 이야기 모두 얼마간의 우연을 동반해서 이루어진 일이라고는 하지만, 한 가지 공통점은 확실히 존재한다. 그건 멜리에스가 한 동안 확실히 카메라 촬영과 영사기 작업에 열정적으로 미쳐있었다는 사실이다.

조르주 멜리에스는 창작을 업으로 삼은 예술가답게 열정을 다했고, 자연스레 선구자가 되었다. 그가 만든 필름들은 시대를 앞서 달려 나가 연일 흥행이 되었다. 이제 그가 세상에 선보였던 페이드-인, 페이드-아웃 같은 기교는 기본적으로 활용되기 시작했고, 멜리에스 역시 다른 것들을 보여주기 위해 늘 고심을 하였다. 다행히 그는 연극에 익숙했기에, 배우들을 분장시킨다거나 미니어처 등의 소품을 활용할 줄 알았다. 배우들의 분장만큼이나 기발한 것이 미니어처들이었는데, 앞서 말한 '달세계 여행' 같은 경우에도 달나라로 발사된 로켓 등은 모두 미니어처들로 제작된 것이었다. 그는 이야기에 환상성을 주입시키는 방법에 있어서도 탁월한 면모를 보여주었다.

그러니 그의 필름 《달세계 여행》이 미국으로 밀수출되었다고 해서 그 사실이 전혀 놀라울 것은 아니었다.

6.

사실 소설가를 결심했던 내 나이 열여섯. 그 당시의 내가 독서량이 엄청났던 것은 아니었다. 확실히 초등학교를 다닐 때만 해도 주변의 누구보다 동화책이나 위인전 등은 많이 읽었던 것 같지만, 중학생이 되어서는 청소년 권장 문학도서 등을 전혀 읽지 않고 지냈었다. 쉽게 말해, 책 좀 읽었다고 하는 애들은 한 번쯤 읽어봤을 『데미안』을 나는 읽지 않았고, 한 번쯤은 교실에서 돌려 읽었을 법한 무협지 작품들에도 별로 관심이 없었다. 그런 책들을 읽지 않아도 이미 초등학생 때 동양고전 『삼국지연의』를 다섯 번 넘게 읽은 몸이다. 세상 굴러가는 이치는 또래보다 눈치가 빠른 듯했고, 『데미안』을 읽은 녀석들보다도 감성이 유별났다.

그런 나도 시대의 베스트셀러는 또 읽게 되었는데, 사실 그 소설들이 내 인생을 결정지었다 해도 거짓말이 아니다. 확실히 김정

현의 소설 『아버지』와 이우혁의 판타지소설 『퇴마록』은 내 인생에서 두고두고 회자되는 소설들이다. 당시 무모함과 오만함만을 품고 있었던 중2병 환자 이경민은 늘 주변 사람들에게 당당하게 어깨를 펴고 입버릇처럼 말했었다.

'이 정도는 나도 쓴다!'

서른다섯의 청년이 된 지금은 그래도 겸손이 뭔지 정도는 안다. 그래서 대사가 제법 달라진 편이다.

'아무리 그래도 내가 이거 비슷하게 흉내 정도는 낼 수 있을걸?'

확실히 이우혁의 자료조사에 대한 탐구심과 끈기는 혀를 내두르게 한다. 김정현의 일단 쓰고보자는 정신 역시 높게 평가될 만하다. 그러나 그 외에는 없다. 문체는 건조하고 신선하지 못하며, 이야기의 장치 역시 평면적이다. 이야기 자체에 힘이 있어 종반부까지 읽히게 만드는 것이 아니라, 사람이기에 기본적으로 품게 되는 호기심과 감성에 지나치게 의존할 법한 소재들만을 가지고 글을 이룬다. 그래서 재밌게 읽었다고 말하기 힘들다. 분명 퇴마록을 날밤 새우며 읽었던 기억이 있지만, 그건 당시에 그런 류의 이야기가 드물고 낯설어서다. 여전히 주인공들의 평면적인 성격은 답답하기만 하고, 결론이 뻔히 보이는 듯한 전개는 읽으면서도 하품이 나왔던 게 사실이다.

그래서 그들의 문체나 이야기 전개방식을 흉내조차 꺼렸다. 조금 더 지나 하병무의 『남자의 향기』를 읽기 전까지는 작가만의 색깔이란 것에 둔감할 정도였다. 하병무의 문체는 속도감이 있었고, 몰입시키게 만드는 무엇이 있었다. 다만, 너무 감성적이었고, 그의 소설 역시 설정 외에는 모두 평면적이었다. 그래도 한 동안 하병무의 문체를 나도 모르게 따라하고 있었다. 그렇게 고등학생이 된 듯하다.

고등학생쯤이 되었을 때부터 연애시를 쓰기 시작했다. 감정의 과잉이 난무하는 글귀들을 사정없이 갈겨썼다. 때마침 원태연의 시집을 선물로 받게 되었다. 아, 이렇게만 100편을 쓰면, 출판을 할 수 있는 것이구나? 그런 시들은 하루걸러 하루 만에도 만들어졌다. 정말 그대로 시간이 지나갔다면, 난 시집을 출판할 수 있지 않았을까? 다행히 H.O.T와 젝스키스 덕분에 한 동안 춤에도 관심이 생겼고, 조PD와 김진표 덕에 랩 음악을 사랑하게 되었고, 슬램덩크 덕분에 농구는 짬이 날 때마다 친구들과 즐겼었다.

정말 다행이었다. 시집을 완성할 수 없었고, 처음으로 사귀어 본 여자친구에게 그간 썼던 시들을 다 보여준 후로 지금은 그 추억의 글귀들이 다 어디로 사라졌는지조차 기억이 나지 않는다. 어쨌든, 흔적조차 남지 않아 정말 다행이다.

그럼, 나를 진정 만족시켰던 작가들, 나를 만족시켰던 작품들에는 누가 있었을까? 대부분이 문단에 등단하여 8, 90년대부터 지금까지 활발하게 활동하고 있는 작가들이다. 김영하가, 김연수가, 박민규가, 이기호가, 성석제가, 심상대가, 잘 썼다. 물 건너서는 파울로 코엘료가, 무라카미 류가, 잘 썼다.

그래서 내 안에 녹이려 애를 썼던 것 같다. 그러나 애석하게도 그 결과가 지금이다. 십여 년간 절필을 했음에도 조금도 달라지지 못했다. 여전히 문체는 늘어지고, 간결하지 못하며, 불필요한 사설과 잡담만이 중구난방이다. 메시지가 알맞게 자리 잡히기보단 분량 조절의 실패와 고민의 부재로 이야기는 산으로 가다가 바다에서 끝나거나, 산을 오르다가 말아버리거나 하는 식이다.

새삼 내 글을 읽어주는 모두에게 죄스럽다. 이런 연약함이 독자들로 하여금 실망을 부추긴다는 걸 알면서도 감추기가 참 어렵다.

7.

잠시 나와 조르주 멜리에스 외에 다른 친구 이야기도 해야겠다. 그 친구는 여러분 모두가 잘 알고 있는 에디슨 씨다. 발명왕이신 이 분은 사실 뤼미에르 형제들보다 먼저 영화 비슷한 걸 만들었다. 키네토스코프라 불린 이 요지경은 사진을 연속적으로 이어붙여서 만든 필름 같은 걸 돌려서 마치 화면이 움직이는 듯한 착각을 불러일으키는 일종의 활동사진 장치였다. 이걸 굳이 요지경이라 부른 이유는 실제 우리가 익히 알고 있는 영화와 달리 관람자 개인이 직접 조그만 구멍을 통해서만 볼 수 있었기 때문이다.

전해지는 이야기들에 따르면, 멜리에스는 이 키네토스코프를 즐겨서 봤다고 한다. 그러니 프랑스와 미국에서 서로가 떨어진 채 살아왔지만, 그들은 서로에게 영향을 충분히 주고받았다. 에디슨 스튜디오에서 밀수입 된 조르주 멜리에스의 영화가 상영되었던 날에 대해 상상해 본다. 한 천재적 예술가에 의해서 탄생한 12분짜리 짧은 필름을 통해 그날, 그 장소에서, 그 필름을 봤었던 사람들은 모두 강한 영감을 얻었으리라. 이는 조금도 과장되거나 틀린 말이 아니다.

실제로 에디슨 스튜디오 소속의 에드윈 S. 포터라는 감독은 그날 이후, 《미국 소방관의 하루》라는 극영화를 만들게 된다. 그 뿐인가? 1920년대로 넘어오는 시점에서부터는 조르주 멜리에스의 영화기술들이 더 이상 개인의 고유한 어떤 것이 아니라, 누구나 할 수 있는 기술이 되어 있었다. 그간 축적되었던 기술들이 시장에서 소비되는 동시에 많은 이들이 그 기술들을 고스란히 흡수하기 시작했다.

조르주 멜리에스가 전성기시절 만든 영화가 무려 530여 편이나 된다고 한다. 아쉽게도 그 530여 편의 영화를 찍는 동안 조르주 멜리에스는 사실 혁신적이라 할 만한 시도를 그렇게 부지런히 해낼 수는 없었나 보다. 만들어진 영화는 그 숫자가 530이나 되었지만, 혁신적 시도는 절반의 절반도 되지 않는다. 그도 그럴 것이 조르주 멜리에스가 영화라는 장르의 선구자이기는 했으나, 그의 인식범위에도 한계가 있었다. 스톱모션, 페이드-인, 페이드-아웃 같은 기교적 트릭은, 반복 되서 사용되었지만, 그로 인해 서사적 충격이 배가 되는 상황이 늘 따라준 것은 아니었다. 게다가 이미 최초의 새로운 것을 선보인 입장에서 또다시 더 새로운 걸 보여주기엔, 그의 고집이 그의 인식의 벽을 가로막고 있었다.

1910년쯤부터, 사실 조르주 멜리에스와는 다른 스타일의 영화들이 시장에 쏟아지기 시작했다. 매번 되풀이 되는 비슷한 트릭과 이야기 전개방식에 사람들이 피곤해질 때쯤, 새로운 스타일의 영화들이 세상에 나왔다. 당연히 멜리에스는 압박을 느끼게 되었지만, 별다른 타개책은 없었다. 천재가 한 획을 그은 후, 은막 뒤로 사라져야할 순간에 온 것이다. 물론, 그를 높이 평가할 많은 것들이 존재한다. 최초의 스톱모션, 페이드 효과, 미니어처 소품 사용, 배우들의 분장, 최초의 합성영화, 최초의 공포장르영화 등 무수히 많지만, 그 수가 일백 개는 되지 못한다. 그러나 만들어진 영화는 오백 개가 넘는다. 이미 어느 순간부터 선구자나 예술가가 아닌 다른 영역으로 스스로가 내려앉아 있었다.

　결국, 그는 극장을 비롯해 카메라며, 영사기를 모두 내다팔아야 했고, 세계1차대전 때는, 그의 필름들이 군화 만드는 재료로 전락하여 이 세상에서 사라져버리기도 했다. 영화사의 선구자였지만, 노년엔 구멍가게 사탕장수 신세가 되는 조르주 멜리에스. 많은 이들에게 영감을 주었지만, 동시에 빠른 속도로 망각되어진 시대의 천재.

　그가 세상으로 다시 나오게 되는 건 1929년에 이르러서다. 이미 영화와 관련된 모든 것들을 폐기처분하고, 사탕가게 하나에 생활을 의지하고 있던 노년의 멜리에스. 세상에 다시 나왔다고는 하지만, 다시 영화적 승부수를 띄운 건 아니었다. 그제야 자국의 영화사를 정리하던 영화인들에 의해 명예인사로 추대되어 기념잔치에 등장한 것이다. 덕분에 그나마 '달나라 여행' 같은 작품들이 세상에 남겨지게 된다.

8.

조르주 멜리에스처럼 기교부리기를 좋아하고, 장치적 충격을 좋아하면서도 말년의 멜리에스만큼이나 나는 획을 긋는 걸작이 없고, 변화가 없다. 하지만, 멜리에스는 에디슨 스튜디오에 자신의 작품이 밀수출된 이후부터, 현재까지, 꾸준하게, 영상을 다루는 모든 이들에게 영감을 주고 있다. 영상으로 이야기를 만들어가려는 모든 이들이 영화의 선구자 조르주 멜리에스가 선보였던 영상마술로 인해 지금의 상상력을 가지게 되었다. 멜리에스가 스톱모션, 페이드 효과를 쓰지 않았다면, 멜리에스가 장면을 전환하여 영상으로도 이야기를 만들 수 있단 사실을 대중에게 알리지 않았다면, 지금과 같은 영상 장르가 형성될 수 있었을까? 그는 죽었지만, 여전히 순간순간을 살아가고 있다. 영상을 만들어가는 많은 이들의 사고 속에서 호흡을 이어가고 있는 것이다. 그뿐인가? 나 역시도 현재 무수히 많은 영상 작품들을 보며, 나의 자양분으로 삼고 있는 중이다. 그의 호흡 덕분에, 그의 존재 덕분에, 나는 다시 펜을 잡게 되었다.

다시 한 번 인정하지만, 나는 무능하다. 둔재라서 한 편의 완연한 소설을 위해선 반 년 이상 몰입을 해야 겨우 그럴싸한 것이 만들어진다. 덕분에 여전하다. 여전히 십여 년 전, 절필을 다짐했을 때와 지금이 다르지가 않다. 여전히 문체는 늘어지고, 간결하지 못하며, 불필요한 사설과 잡담만이 중구난방이다. 메시지가 알맞게 자리 잡히기보단 분량조절의 실패와 고민의 부재로 이야기는 산으로 가다가 바다에서 끝나거나, 산을 오르다가 말아버리거나 하는 식이다.

그러나 나는 다시 펜을 잡았다. 그건 순전히 멜리에스 덕분이다. 세상에 너무나 재미난 이야기들이 많아졌고, 나의 상상력을, 나의 감성을, 오롯이 자극시키는 아름다운 영상들이 넘쳐나고 있다. 그러니 나도 써야 한다. 살아야 한다. 무능하기 때문에, 나 스스로가 소설이 되어야 한다. 물론, 빈곤한 나의 상상력과 물기가 없는 나의 문장이 세상의 어디까지 전이될 수 있을지는 전혀 예측할 수가 없다. 어쩌면, 이대로, 이십 년쯤은 더 휙 하고 지나가버릴지도 모를 일이다.

　그러니 나는 다시 써야 한다. 살아야 한다. 서른다섯의 시간을 살고 있는 지금의 내가 다시 생각을 해보면, 정말, 안될 말이다. 자살은커녕 방바닥에 똥칠 제대로 할 때까지 오래도록 살 생각이다. 영혼도 악마 따위에게 줘서 될 일이 아니다. 어떻게든 다시 인간으로 환생을 해야 한다. 그게 다 소설 때문이다, 예술 같이 고매한 것은 이제 모르겠고, 아름다움이 뭐였는지도 기억이 가물가물 하지만, 소설 때문에, 살아도 누구보다 오래도록 살아야 한다. 내 안에 깊은 울림이 자리 잡아 문장이 간결하고 명료해질 때까지. 끊임없이 펜을 놀리며 살아야만 한다.

　나의 소설이 완성되어야 비로소 내가 문장 안에 박제되고, 모두의 뇌리 속에서 호흡할 수 있게 될 테니….

투병기 鬪病記

그가 돌팔이일 거란 생각을 전혀 안했던 것은 아니다. 그가 돌팔이라 하더라도 당장 내게 주어진 선택권이란 게 별로 없었다. 그의 병원은 출근길에 있었지만, 다른 병원들은 생활 반경에 있지 않았다. 아니면 당장 대학병원으로 가야할 판인데, 벌어먹고 살아야 하는 입장에서는 그게 그리 쉬운 선택이 아니었다.

"편도주의농양은 결코 단순하지 않은 큰 병病입니다. 이렇게 될 때까지 어떻게 참았습니까? 일단 농을 빼내야 하니 참으세요."

그가 주사기를 빼들어 나의 목구멍에 밀어 넣었다. 헛구역질이 봇물 터지듯 밀려올라왔다.

"참아! 아! 아! 하고 길게 아 하고 소리를 내."

그의 시술은 무자비했다. 주사기의 흡착만으로는 약하다고
느꼈던지 그가 소독된 메스를 꺼내들었다.

"주사기로는 안 되니까 지금 바로 그냥 절개하겠습니다. 아파
도 입을 벌리고 소리를 내세요. 절대 목으로 떨어지는 걸 삼켜서
는 안 됩니다."

날카로워서 더욱 서늘한 칼날이 편도를 찢어 갈랐다. 울컥, 뜨
거운 피와 고름덩어리가 목구멍 위로 쏟아져 오는 걸 느낄 수 있
었다.

"뱉어! 당장 뱉어!"

그게 그와의 시작이었다.

"항생제를 처방해 드리겠습니다. 꼭 식사 때 지켜서 드시고,

붓기가 지금 상당하니까 아침, 저녁으로 주사를 맞아야겠어요. 퇴근길에 꼭 오도록 하세요."

한 동안 붓기는 순조롭게 빠져나갔고, 편도가 가라앉아서 그런지 밤새 입안이 마르지도 않았다. 다행히 대학병원까지 가지 않더라도 완치할 수 있을 것 같았다. 하루에 몇 천 원씩 나가는 진료비와 약값 따위는 그래서 별로 대수롭지도 않았다. 이 정도로 의료실비를 청구한다면, 그 과정이 번거롭기만 할 거 같아 생각도 않고 꾸준히 병원으로 출퇴근을 했다. 열흘 정도가 지나 살만해질 만하니 그가 내 목을 한 번 만져보더니 아무렇지도 않게 지나가는 말로 툭 던졌다.

"됐어요. 이제 안 나오셔도 됩니다."

그 말을 곧이곧대로 들었다. 종합병원 찾기 전에 동네병원부터 가보라는 말이 틀린 말이 아니라는 생각에 병원 문턱을 나서며 연신 고개를 끄덕거렸다. 뭐, 짐작들은 되시겠지만, 그 끄덕임은 사흘을 넘기지 못했다. 편도가 밤새 다시 부어올랐고, 그 속도도 이전보다 훨씬 빨랐다. 속수무책으로 밤을 보낸 후 병원 문이 열리자마자 그를 찾아갔다.

"염증이 남았었나? 그간 면역력이 정말 많이 떨어지셨나 보군요. 다시 한 번 치료를 해보도록 하죠."

또 열흘의 시간이 흘렀다. 그간 엉덩이는 주사바늘에 벌집이 되었고, 항생제 부작용으로 설사가 이어져 항문도 너덜너덜해졌다. 정말 더러운 건 그 와중에도 하루의 벌이는 채워야 하니 대학병원을 찾아갈 엄두를 쉽게 내지 못하고 있는 내 자신이었다. 설마, 설마, 그가 소문으로 듣던 그런 돌팔이일까? 매일 그를 찾아오는 저 많은 환자들이 그럼, 다, 돌팔이에게 몸을 맡기고 있단 말인가? 의심 속에서 시간은 흘러 다시 완치 판정을 받고 일상으로 돌아왔다. 그 동안 계절은 봄을 지나 여름으로 향하고 있었다. 꽃놀이 가서 술 한 잔 제대로 못했다는 아쉬움에 온몸으로 계절을 붙잡고 싶었지만, 그게 어디 될 말인가? 그렇게 너무 용을 썼던 탓일까? 나흘 정도가 지나 또 편도가 부어오르기 시작했다.

"재발이 거듭되었으니 편도 제거 수술을 권합니다. 여기 소견서를 써드리겠습니다. 어차피 대학병원에서 수술을 받으시려면, 예약을 빨리 잡아도 한 달 넘게 시간이 걸릴 겁니다. 당장 예약을 잡으세요. 그리고 혹시 모르니 MRI나 초음파촬영을 해봐야겠어요. 편도에 단순 염증이 아닌 다른 게 있는 건 아닌지 확인해 봐야겠습니다. 이것도 의뢰서를 써 드릴 테니 영상의학과의원에 가셔서 촬영을 해보시길 바랍니다. 단순 염증이면 좋겠지만… 이렇게 짧은 시간 동안 재차 재발하는 경우는 극히 드무니까요."

주인의 말에 길들여진 애견처럼 나는 MRI촬영을 했다. 다행히 단순 염증이 남아서 그런 것이니 동네 의원, 이비인후과에서도 충분히 치료가 가능한 정도라 했다. 그때쯤부터였다. 진료비 덕에 그간 깨져나간 비용들이 꽤나 무겁게 다가오고 있었다. 이번에는 MRI까지 찍었기에, 반드시 의료실비를 청구해야할 입장이 되었다. 대체 그간 왜 악을 쓰고 생업을 위해 고집을 꺾지 않았던 것인지 스스로가 너무 멍청하게 느껴져 모든 의욕이 땅으로 꺼져 내리는 기분이었다.

"등신아, 병원을 바꿔. 내가 시키는 대로 해. 신암동에 가면, XXX원장이 운영하는 00이빈후과라고 있어. 그 사람이 내게 신세진 게 있으니까. 너 갈 수 있는 날을 말해줘. 내가 예약 잡아줄게. 원래 의사들 소견이라는 게 그런 거야. 돌팔이가 무식해서 돌팔이가 아니라, 자기 고집에 갇히면 돌팔이 되는 거야."

내 처지를 듣고 연락을 한 선배의 호통이 골을 흔들었다. 때마침 이제 슬슬 편도뿐만이 아니라 귀와 턱까지 점차 아파오던 중이라 나도 더는 고집을 피울 수 없었다. 사실 한편으로는 그간 의심하면서도 믿었던 나의 선택이 틀린 답이었다는 걸 스스로 인정하는 것 자체가 너무 부끄럽기도 했다. 그간 주변에서 큰 병원에 가보라고 얼마나 권했던가? 일이 뭐라고, 그깟 생업과 일상이 뭐라고, 나는 버티었던가? 그 길로 후회를 밑천 삼아 병원을 옮겼다.

결과적으로 예상은 빗나가지 않았고, 나는 그 돌팔이 덕에 한달 보름이 넘는 시간 동안 어설픈 항생제와 함께하며 나의 육체적 건강과 정서적 안녕을 피폐하게 만들었다. 병원을 옮기고 나서야 알게 된 사실이지만, 처음부터 나는 입원치료를 받았어야 했을 정도였던 것으로 보이며, 그의 처방이 틀린 것은 아니었지만, 완치를 위해서는 항생제를 조금 더 복합적으로 쓰며, 훨씬 더 잦은 빈도로 일정 시간에 맞추어 직접 투약을 하루 3회 이상 받았어야 했다는 것이다.

"소견서를 그렇게 빨리 써줬다는 게 돌팔이란 증거야. 책임지기 싫으니까 선을 그은 거라고. 넌 아프면 옆차기 하지 말고 나한테 일단 보고를 해. 의사들한테 영업하는 약쟁이 선배를 두고 뭐 하는 옆차기냐?"

쓴 소리를 마지막까지 들어야했지만, 하루가 다르게 건강이 돌아오는 요즘이라 뭐든 어찌되어도 좋다.

돌팔이와 의사가 종이 한 장 차이, 고집과 타협이 종이 한 장 차이, 신뢰와 불신이 종이 한 장 차이.

어쩌면 이번 투병기闘病記가 혜안慧眼을 뜨게 해줄 계기가 되어 줄지도 모른다. 스스로 이런저런 차이들을 보고 간극을 좁혀 현실을 바로 헤쳐 나갈 수 있게 말이다. 물론, 그런 건 과한 욕심에 지나지 않다는 걸 잘 안다. 아니, 말을 그럴싸하게 했지만, 사실 뭔가를 더 알게 된다 하더라도 그건 나이 앞자리 바뀌기 전에 얻게 된 나이 숫자만큼의 지혜 정도가 맞는 말일 게다. 그래서 스스로의 몸에게 먼저 겸손해지기로 했다.

지금까지 쓴 모든 문장들을 부정한다. 간출하게 지난 두 달의 시간에 대해 짧게 기록한다.

"건강과 더불어 넉넉한 마음이 돌아오고 있음이 우선 기쁘다. 그걸로 우선은 족하다."

달빛이
닿지않아도
달을그리워하는
꽃은핀다

문수림 님의 '꽃」

calligraphy design by

詩

편지 I.

당신의 편지를 기다리고 있는
나의 하루하루는
뒷굽이 닳아버린 전투화를 신고
행군에 나서는 이등병의 발걸음 마냥
불안한 비틀거림의 연속입니다.

대답 없는 당신의 사진을 꺼내어 보는 것도
가파르게 솟아오른 오르막길 앞에서
한 방울 남아있는 수통을 흔들어 보는 것처럼
달랠 길이 없는 갈증의 고통입니다.

밤하늘의 별까지 얼음조각으로 만든
강원도의 바람 속에서
당신의 편지를 기다리고 있는
나의 마음은
군장을 짊어진 두 어깨 마냥
시간의 흐름 속에서
뼛속 깊이 아픔을 더하여 갑니다.

편지 II.

말 못할 사연에
술에 젖은 내 입술 마냥
하늘도 쏟아질 듯한 회색이었지만
고요했다.

벌써 몇 통의 편지가
가로등 하나 없는 뒷골목
검은 비닐봉지가 무덤이 된
사산아처럼
가슴 속 밑바닥에
앙금으로 남았다.

내 긴 긴 한숨

눈송이는 하나
둘 내리기 시작했지만
거센 바람에 휘말려
지면에 닿지 못한 채 새벽하늘 어딘가로

사라졌었다.

텅 빈 흰 편지지

편지지 첫 줄에
네 이름 첫 글자조차
쓰지 못했던 시리디 시린 날

쓰여지지 않은
편지는 아직 내 손에 있었다.

다행히 아직
넌 내 편지가 닿을 어디쯤에 있었다.

텍스트, 서가에 잠들다

1.

사랑

은 '동사動詞'이다.
드러내지 않으면
그 진위를 알 수 없으며
그 시작과 끝을 가늠하기 힘든 관계로
국어의 9품사 중 동사에 속한다

그 기본형은 '사르다'로
감정이입의 대상을 위해
당사자 본인은 한 점 아낌없이
불타올라 재로 남음을 뜻한다

헌데,
여기,
번번이 거절당한 '사랑'이 하나 있다

거절당하였으나,

분명

'사랑'이었으므로

아낌없이 전심전력을 다해 온 몸을 내던졌다는 것에

이의를 제기할 수 없으며

그 행위가 자기희생을 바탕으로 했다는 것도

역시

어엿한 하나의 진실이다

그러므로

이 '사랑'은 대외적으로 인정받아야 함이 마땅하며,

그간 보여준 희생에 준할 만큼의 대가 역시

지불되어야 함이 마땅할 것이다

아울러 지금까지 이 사실을 무시한 채

번번이 이 '사랑'을 거절하기 바빴던 많은 이들에게도

철퇴를 가하여야 할 것이다.

2.

남자의 글을 읽은 여자는 메모를 남겼다.

3.

당신,
그 동안 훌륭히 한 권의 책이 되셨군요

그래서
참
안타깝네요.

차라리
한 편의 만화나 영화가 되지 그러셨어요

딱딱한 표지
깨알 같은 글씨

어마어마한 두께

게다가

첫 음절부터 마지막 구두점까지

오로지 당신만의 언어로군요.

정말,

누가 당신을 읽으려할까요?

당신,

미안하지만

읽고 싶어도 읽을 수가 없는 당신,

이제 그만 우리들이 쓰는 말을 배워보시지 않겠어요?

우리에게

'사랑'은

명사$_{名詞}$에요.

인연

당신과 사랑을 시작할 수 있다면,
그 계절이 가을이길 바란 적이 있었다

메밀꽃마다 달빛이 내려앉아 춤을 추는 날
만개한 코스모스를 반지로 끼워주며
사랑을 서약하는,

그런 가을.

아마
적당히 싸늘한 밤공기 덕에
우린 서로를 더욱 꼭 끌어안았을지도 모를,
그런 밤이었으리라
그런 따스함이었으리라

그런 계절을 몇 차례 흘려보내고 나면
우리도 세월의 어디쯤에서
햇살에 말라버린 저 단풍마냥

서로의 얼굴에 주름을 새겨 넣고
다가올 생의 끝자락 앞에서
우리의 생이 더는 바스러지지 않도록
우리의 집에
우리의 몸을 더욱 조심히 눕히고
서로의 손을 이전보다 더 뜨겁게 맞잡았으리라

다행히
당신에게 마지막으로 건넨 인사는 여름의 어디쯤에 남았고
딱히 헤어지잔 인사도 없이
서둘러 각자의 계절로 떠났다

다행이다
우리가 마주앉을 일이 없는 각자의 계절이라서
이번 생에는 오지 않을
가을이 있다는 것이.

퇴근길

어제와 다른 점은
판매된 제품의 고객리스트
모니터로 옮겨진 숫자들

여전히 같은 건
집 앞까지 구불구불 이어진 거리의 풍경

허름하게 낡아가는 그 모양새와
몇 차례 간판들이 들어왔다 나간 자리의 거친 모양새가
하루가 다르게 닳아가는 내 구두 뒷굽의 모양새와
같다. 온종일 마주했던 모니터 너머의 화사함과는 그 생김새가
다르다.

문득, 그런 생각에
멍
하니

타박타박 옮기던 걸음을 멈추고

꾸욱꾸욱 관자놀이를 눌러 내리는 손
끈적끈적한 땀이
쪼글쪼글한 손금사이로 베이자
꼬르르륵 허기가 찾아온다.

서둘러 구두코로 옮겨진 시선
마주 불어오는 바람에 목을 움츠리고
마주 걸어오는 행인에 비켜서고
조심스레 언저리 돌멩이마저 피해 걷는 이 걸음걸이가
입사 이후 오늘까지 한결같아 다행이라면 다행이다

이 와중에도
내 구두 뒷굽의 생김새가
내 얼굴의 모양새와
비슷하게

닳아, 닳아
달하, 달마,
간다.

달빛이
닿지않아도
달을그리워하는
꽃은핀다

문수림 님의 '꽃 ㅡ

calligraphy design by

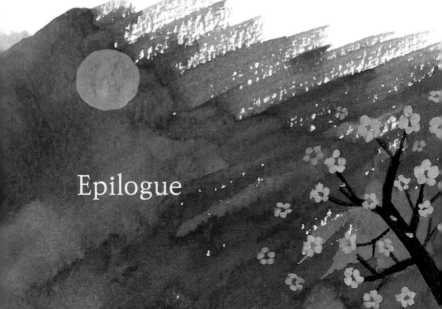

Epilogue

Epilogue
글을 닫으며

읽어주신 모든 분들에게 진심으로 감사하다는 말을 전합니다.

읽고 마음에 드셨다면,

부디 많은 이들에게 이 책을 널리 알려주셨으면 감사하겠습니다.

끝으로

책을 편집하는 과정에서 제게 도움이 되어준

SNS 스레드 친구들에게

감사한 마음을 전합니다.

아울러 이제는 활동하고 있지 않아서 매우 미안한 마음으로 인사를 전합니다. 모태였던 『괴담』이 탄생할 수 있도록 힘이 되어주었던 당시 네이버 블로그 이웃들 모두에게도 마음을 전합니다.

감사합니다.

-

아무래도 모태가 되었던 소설집이 이미 있었고, 크게 달라진 게 없었던 탓에, 전자책까지만 출간을 할 생각이었습니다. 뻔뻔하게 종이책까지 다시 손을 뻗은 건 나름의 사정으로 종이책도 필요해졌기 때문입니다.

그래서 더 신경을 써야함이 옳겠지만, 항상 문제는 부족한 예산입니다. 전자책까지만 생각을 했었던 탓에, 제작비를 별도로 크게 쓸 수가 없었습니다. 덕분에 전자책에서는 제공되었던 칼라 삽화를 전부 빼기로 했습니다. 흑백으로 변환하는 것으로 대처할 수도 있었지만, 페이지라도 줄여 제작 비용을 한푼이라도 아끼고자 그냥 다 삭제 했습니다.

덕분에 함께 곁들여졌던 짧막한 사사로운 이야기들도 잘려나갔습니다. 그 부분이 개인적으로 아깝다는 생각이 들면서도, 원래 작품집은 담백하게 작품만 수록되어야 하는 것이니 이제야 제대로 자리를 찾아간 것은 아닐까 하는 생각도 듭니다.

어쨌든,
예전이나 지금이나,
펜을 놓으면서 드는 생각은 같습니다.

부족한 저의 글을 읽어주셔서
무한히 감사할 뿐입니다.

겨울의 끝자락으로 가는 길목, 사무실에서

문수림의

20에서
30까지

2025년 2월 10일 초판 1쇄 발행

지은이 | 문수림
삽 화 | 별들
디자인 | 이경민

발행인 | 이경민
발행처 | 마이티북스
* 장미와 여우는 마이티북스의 임프린트(하위 브랜드)입니다.

© 마이티북스

출판사 연락처
전화 | 010-5148-9433
이메일 | novelstudylab@naver.com
홈페이지 | https://마이티북스.com

ISBN 979-11-989893-2-1

도서 제작 과정에서 아래의 폰트를 사용했습니다.
'고운 바탕, Noto Sans CJK KR, 에스코어 드림'
창작자들을 위해 무료로 배포해준
폰트 제작자 여러분에게 지면을 빌려 감사의 마음을 전합니다.